悪役令嬢は王子の本性（溺愛）を知らない 3

霜月せつ

JN067249

B's-LOG BUNKO

ビーズログ文庫

イラスト／御子柴リョウ

Contents

ディラン・ヴェルメリオ
ヴェルメリオ国第二王子で学園内では生徒会長を務める。
婚約者のベルティーアへの独占欲がスゴイ！
ベルティーア・タイバス
乙女ゲーム、通称「キミ奏（かな）」に登場する悪役令嬢。
紆余曲折を経てディランと両想いに。

Character

グラディウス・シャトレーゼ

王太子ギルヴァルトの側近で生徒会三年生。ミラとは異母姉弟。

シュヴァルツ・リーツィオ

ディランの従者。ディランへの忠誠心が異常。

アスワド・クリルヴェル

乙女ゲームの攻略対象者。アリアとは幼馴染。

アリア・プラータ

乙女ゲーム「君と奏でる交声曲《カンタータ》」のヒロイン。前世の悪友。

ラプラス・ブアメード

魔法研究者。ベルのクラスメイトだが、なぜか容姿が一変していて!?

クララ・シルヴェスト

音楽祭の声楽枠のオーディションにやってきた少女。

第一章　予兆

幼い頃《ころ》から何をやっても上手《うま》くいった。

語学を習えばすぐに読み書きができ、王家の象徴《しょうちょう》である魔力《まりょく》は人一倍ある。馬術も、学問も楽器の演奏も、なんだってできた。一流と呼ばれる人たちよりもこなせている自信があったし、実際に人並み以上の才能を持っていたと言えるだろう。

挫折《ざせつ》なんてしない。

上手くいかないと嘆《なげ》くこともない。

俺は、もっている側だ。恵《めぐ》まれている人間だ。

なのに、どうして俺の周りには誰《だれ》もいないのだろう。

ふと、集中力が切れた時。自分が生きていることに違和感を覚えた。真っ暗な深淵《しんえん》の中で、自らの人生を振《ふ》り返って気付くのだ。

俺は孤独《こどく》だ、と。

人は俺を厭《いと》った。恐《おそ》れた。近づかないように、いつしかいない存在《もの》のように扱《あつか》われた。それとは対照的に、側近は俺を神を見るかのように崇《あが》め、忠誠を誓《ちか》ったけれど、俺にはそれが畏怖《いふ》の念と同じものにしか思えなかった。

恐怖《きょうふ》も崇拝《すうはい》も、俺にとっては等しく虚《むな》しいものだ。結局、俺を愛してくれる人なんていない。暗い王宮の隅《すみ》でひっそりと息をする自分に、なんの価値も見出《みいだ》せなかった。

そんな暗闇《くらやみ》のような日常の中で、いつも太陽のように俺を明るく照らしてくれた彼女。婚約者《こんやくしゃ》であるベルティーア・タイバスは、一度だって俺の存在を否定したことはなかった。

俺は、そんな彼女に恋《こい》をした。数年越《ご》しの片想いは無事に実り、今では彼女も俺を好きでいてくれる。

幸せなことだ。彼女が側《そば》にいて、愛を囁《ささや》けば、囁き返してくれる。それだけで十分なはずだ。それなのに、反比例するように心はどんどん渇《かわ》いていく。

彼女の〝好き〟と自分の〝愛〟は到底《とうてい》釣り合わないものなのだと。

幼い頃から埋《う》まらない心の穴が、彼女を愛すれば愛するほど広がっていく。

息が詰《つ》まるほど、愛されたかった。頭を撫《な》でて褒《ほ》めてもらいたかった。その目で俺だけを見てほしかった。

「大好きよ。愛しているわ」と頰《ほお》に触《ふ》れてくれるだけで良かった。

『母親殺し』

「……っ！」

飛び起きた。荒《あら》い息が自室に響《ひび》いている。何が起きたか理解ができずに瞬《まばた》きを繰《く》り返した。

心臓が、痛い。誰かの手で握《にぎ》られているのかと思うほどだ。その感覚はあのダンスパーティーでかけられた術によく似ていた。後遺症《こういしょう》でも残っていたのだろうか。

そういえば、何か悪い夢を見た気がする。

思い出そうと試みるが、霞《かすみ》がかったように何も覚えていない。

「……どうでもいいか」

無性《むしょう》に、ベルに会いたい気分だった。

生徒会室で手元に配られた資料を見て、「あっ」と声を上げた。先ごろ行われたダンスパーティーはあまり記憶《きおく》になかったが、このイベントはよく覚えている。隣《となり》に座っているアリアとこっそり目を合わせた。

ヒロインにとっての一大イベントとなる、『音楽祭』がついに始まるのだ。

私の名は、ベルティーア・タイバス。ヴェルメリオ王国の由緒《ゆいしょ》正しきタイバス公爵家《こうしゃくけ》の令嬢《れいじょう》である。現在は聖ポリヒュムニア学園に在籍《ざいせき》しているが、私はただの公爵令嬢ではない。

中身は、ゲームのキャラクターに転生してしまった女子大学生だ。今は公爵令嬢なのでこの場合、元女子大学生、が適切だろうか。

ベルティーア・タイバスとして生を受ける前の私は、失恋《しつれん》をきっかけに乙女《おとめ》ゲームにハマったごくごく普通《ふつう》の学生だった。……が、なんの因果か、そのゲームの悪役令嬢に転生してしまったのである。

残念なことに私は前世の記憶が所々曖昧《あいまい》で、ゲームの内容なんてほとんど覚えていない。

しかし、婚約者である第二王子――ディラン・ヴェルメリオ様と私の関係性がゲームと大きく違《ちが》うことで、破滅《はめつ》や死亡フラグはすべて折れたものだと信じている。

私が悪役令嬢に転生したことも驚《おどろ》きだったが、衝撃《しょうげき》はそれだけではない。今私の隣に座っている桃色《ももいろ》の髪《かみ》を持つ美しい少女。

彼女の名は、アリア・プラータ。プラータ家の養子となり入学してきた、平民上がりの貴族である。ゲーム内でヒロインとして描《えが》かれる彼女だが、その中身が実は――私の前世の親友なのである。

仕組まれたとしか思えない配役。これが運命の悪戯《いたずら》というやつだろうか。

ヒロインが前世の親友だったことはこの上ない僥倖《ぎょうこう》であったが、学園生活は数多《あまた》のトラブルが発生し……。

怒涛《どとう》のダンスパーティーが終わったと思ったら、今度は『音楽祭』が始まるようだ。

『音楽祭』はヒロインが最も活躍《かつやく》する、ゲーム内で一番大きなイベントである。ゲーム内容をほとんど覚えていなかった私でも印象に残っているほどだから間違《まちが》いない。

音楽全般《ぜんぱん》に対して神がかった才能を発揮するヒロインが、音楽祭のステージでバイオリンを弾《ひ》く。その音色に感動するアスワド様（前世の私の推《お》しキャラ）のスチルが大変美しく、ヒロインに恋する男の子って感じで私のお気に入りだった。

「ついに音楽祭ね……！」

アリアが興奮を隠《かく》しきれない様子で呟《つぶや》いた。

私は隣に座っている彼女に顔を寄せ、周りに聞こえないようこっそりと話しかける。

「ようやく出番ね、アリア。っていうか、楽器は弾けるの？　前世では空手《からて》ばかりでからっきしだったけど」

「それが、ヒロイン補正なのか弾けちゃうのよね。幼い頃から習ってたわけじゃないのに」

「え、そうなの？　そんな便利なスキルが……」

「ちょこちょこは練習してたし、まぁ任せてよ！」

心強いアリアの言葉に、私はしっかり頷《うなず》いた。彼女は昔から器用になんでもそつなくこなすので心配はないだろう。

資料の方に目を落とし、内容をざっと確認《かくにん》する。イベント詳細《しょうさい》については、私たちがゲームでやった内容とほとんど変わりなかった。

音楽祭は、その名の通り、音楽を楽しむための学園の行事である。もちろん執行部《しっこうぶ》は生徒会であり、私たちの仕事は膨大《ぼうだい》だ。

演奏はすべて生徒が担当する。貴族はみなピアノ、バイオリン、フルートなどの楽器を教養として身に付けているからだ。もちろん私も簡単な曲くらいは弾けるようピアノを仕込まれている。

そんな中でも特別上手い人たちが演者としてステージの上に立つ。

演者は演奏枠《わく》と声楽枠――楽器を弾くか歌を歌うかの違いだ――に分けられるらしい。

アリアはバイオリンを得意としているので演奏枠で参加するだろう。

「今回の実行委員なんだけど、一応生徒会から二人選出しようと思うんだ。俺がやってもいいけど、せっかくなら一年生に経験を積んでほしいと思っているんだよね」

にっこりと爽《さわ》やかな笑《え》みを浮《う》かべて説明するディラン様。彼が私の婚約者なのだが……。

今日もあり得ないくらいかっこいい。

ディラン様はみんなの方を向いて尋《たず》ねる。

「誰かやりたい人いるかな？」

「やります」

私はすぐに挙手をして立候補した。

「ベル、いいの？」

「はい。私はどの発表にも出るつもりはないですし、生徒会の一員として少しは貢献《こうけん》したいと思っていたので、任せてください。任命されたからにはしっかりとこなします」

「ありがとう、ベル。助かるよ。じゃあ、もう一人は……」

「俺がやろう」

素早《すばや》く手を挙げたのはグラディウスだった。意外すぎる。

「俺は去年も実行委員だったから、ベルティーア嬢の役に立てると思う」

「……」

グラディウスはディラン様をじっと見て言った。ディラン様は黙《だま》っていたが、すぐに「なら、グラディウスに頼《たの》もうかな」と微笑《ほほえ》んだ。

「今日はここまで。みんなお疲《つか》れ様。良《い》い音楽祭になるよう、ベルとグラディウスを中心に頑張《がんば》っていこう」

ディラン様の締《し》めの一言で、その日はお開きとなった。

「いいのかしら……」

生徒会のミーティングが終わった後、寮《りょう》の中庭で二人揃《そろ》ってベンチに座っていると、アリアが突然《とつぜん》ポツリと呟いた。

何やら思案顔だが、それは私も思ったことだ。

「そうよね……。どうしてグラディウス様は立候補なんてしたのかしら」

褐色《かっしょく》の肌《はだ》と美しい銀色の髪を持つ凛々《りり》しい青年。

何を隠そう彼は、王太子《おうたいし》の側近であり、先日私に散々嫌《いや》な目を見せてくれた王太子の婚約者、ミラ・シャトレーゼ様の弟君なのである。

私を排斥《はいせき》しようとしたミラ様は、あの事件以降危険人物として塔《とう》に幽閉《ゆうへい》されているらしい。噂《うわさ》では、国外追放されたのではないかと囁かれている。学園も退学になったそうだし、あれほど彼女を信仰《しんこう》していた〝愛し子《いとご》〟たちでさえ、まるで人が変わったように彼女の陰口《かげぐち》を言っていた。

気になってディラン様に訊《き》いてみても、「ベルが知ったら気に病《や》んでしまうだろうから、教えないよ。そんなことベルが気にする必要ない」としか言わないので、噂も大げさな話ではないのかもしれない。

どんな理由であれ私と揉《も》めたことでミラ様に処罰《しょばつ》が下ったのだから、ミラ様の弟であるグラディウスは私にいい印象を持っていないはずなのだ。

「グラディウス様はきっと、私のことを恨《うら》んでいるわよね……」

「いや、それはなさそうじゃない？　知らんけど」

「なによ、適当ね。他人事《ひとごと》だと思って」

アリアの雑な返事を不満げに返したところで、優《やさ》しい声がかけられる。

「こんなところで女子会ですか？　お嬢様方」

「アズ！」

私たちに声をかけてきたのはアスワド様だった。

彼は前世の私の最推しだったけれど、現ヒロインのアリアはアスワド様を選んだ。幼《おさな》馴染《なじみ》ルートによって二人は順調に親密度を上げている。

大方、アリアを迎《むか》えにでも来たのだろう。最近は、放課後もずっと二人でいるようだし。さっさと付き合っちゃえばいいのに……と思うが、部外者が口を出すものではない。

アリアは分かりやすく表情を明るくし、花が咲《さ》くように笑った。嬉《うれ》しさが全部顔に出ている。

「今日も二人でお散歩するの？　なら私はそろそろ部屋に戻《もど》ろうかしら」

「あ、いや。お話し中のところお邪魔《じゃま》してすみません」

アスワド様は慌《あわ》てたように首を振った。

「でも、話したいことはもう終わったし……」

私がアリアの方を見て軽くウィンクをすると、アリアは礼を言うように小さく頷いた。

「じゃあ、お言葉に甘えて。アズ、行きましょう」

「えっ、いいんでしょうか……」

「ベルが良いって言うんだからいいのよ」

アリアは立ち上がって、アスワド様に手を差し出す。アスワド様はその手を当然のように握った。

「それじゃあ、ベル。また明日」

「ええ、また明日」

アリアは笑顔《えがお》で私に手を振り、アスワド様は少し照れたような顔をして挨拶《あいさつ》をして去って行った。

「いつになったら交際の報告が聞けるのかしら……」

二人の背中が見えなくなり、そろそろ私も帰ろうかと腰《こし》を上げようとしたところで急に後ろから頭を撫でられた。

「アリア嬢とのお話は終わったみたいだね」

振り向くと、ディラン様が優しく私を見下ろしていた。

「ディラン様！　こんなところでどうしたんですか？」

「図書館に行こうかなと思ったんだけど、アリア嬢と話してるベルを見かけたから」

ディラン様は難しそうな言語で書かれた分厚い本を持っていた。私の隣に腰を下ろし、さりげない仕草で腰に手を回す。ディラン様と恋人《こいびと》になってから、日常のちょっとした距《きょ》離《り》がとても近くなったと感じる。

こうやって隣に座る時は必ず腰に手を回してくるし、人がいる時も明らかに親密と分かる距離感で側にいるのだ。

ディラン様との触れ合いはこの上なく至福だが、同時に心臓がバクバクと早鐘《はやがね》を打つ。綺麗《きれい》な顔や男性らしい角張った手、低く柔《やわ》らかい声、私を気遣《きづか》う優しい心。彼のすべてが好きで、気持ちが膨《ふく》れ上がると、同じくらい緊張《きんちょう》してしまう。

この人が私の恋人……。なかなか実感が湧《わ》かないなぁ……。

「俺の顔に何か付いてる？　ベルって時々俺の顔見て固まるけど、どこか変かな？」

「い、いえ！　不躾《ぶしつけ》に見てしまってすみません。あまりにもかっこよくて……」

ディラン様は宝石のような瞳《ひとみ》を細めておかしそうに笑った。

「ベルってよくかっこいいって言ってくれるよね」

「だって、かっこいいんですもの」

「ふふ、ありがとう。ベルの好みの顔に生まれて良かったよ」

子どもがふにゃりと笑うように、ディラン様は心底安心したように息を吐《つ》いた。

「百人中百人はディラン様のことかっこいいって言うと思いますよ」

「ベルにとって、が最善だから他の誰に何を言われようとどうでもいいよ」

そういうこと、さらっと言っちゃうんだから。

もごもごと上手く言葉を返せず、「そ、そうですか……」と情けない返事しかできなかった。

「図書館行くんですよね？　私もついて行っていいですか？」

「一緒《いっしょ》に来てくれるの？」

「はい。ディラン様がよろしければ」

「もちろん、大歓迎《だいかんげい》だよ」

図書館は学園の本棟《ほんとう》、特別棟とはまた別の場所にある大きな建物だ。世界で一番の蔵書を誇っているらしく、博物館のようなえげつない広さをしている。

寮に近く、夜まで開いているので勉強をする生徒や暇《ひま》つぶしに訪《おとず》れる生徒が多くいる。

アンティークで可愛《かわい》らしい外観から、ずっと行ってみたいと思っていたが、なんだかんだと忙《いそが》しくて、未《いま》だに本を借りたことはなかった。

「私、図書館に行ったことがないので楽しみです！」

「すごい量の本があるから、読みたい本を見つけるのに時間がかかるんだけどね」

「ディラン様のその本は……。これ、何語ですか？」

分厚い本の表紙は、見たことのない記号のような文字で書かれていて全く読めない。これでも語学の成績は良い方なんだけどな。

「なんだと思う？」

「授業でも学んだことがない文字ですね……。古語ではなさそうですが、外国語にも見えません」

「そうだね。ベルは知らなくて当然の言語だと思うよ。第一、学んでも使えないからね」

ディラン様は「からかっただけ」と意地悪く口角を上げた。彼は成績優秀《ゆうしゅう》だから、私の知らない言葉で書かれた本を読んでいても不思議ではない。

――だが、いつだったか、私はこの文字をどこかで見た記憶があった。

前世か？　いや、こんな文字を覚えられるほどかつての私は記憶力が良くない。となると、ベルティーアになってからだ。おそらく、どこかの授業で――。

「あっ」

「ん？　どうかした？」

立ち止まって声を上げた私に合わせてディラン様も止まった。不思議そうに首を傾《かし》げている。

「あの、もう一度見せてもらってもいいですか？」

「いいけど……」

ディラン様が差し出してくれた本を手に取り、じっくりと観察する。間違いない。

「これ、魔法《まほう》文字ですよね」

ディラン様は驚いたように目を見開き、息を呑《の》んだ。

「王子妃《おうじひ》教育の時に国学史の資料で見ました。不思議な文字だったので、先生に聞いてみたんです。そしたら、太古の昔、魔法を使える人々が魔法の伝承のために作った文字だと教えてもらいました。現在は王家のみが使えるものだとか」

「なるほど、王子妃教育か……。よく覚えていたね」

彼は困ったように眉《まゆ》を寄せ、苦笑いをした。珍《めずら》しく、バツの悪そうな顔をしている。

「これ、持ち出し禁止の書籍《しょせき》なんだよね」

「えっ⁉」

「実はこの学園にはね、魔力を持った人間だけが操作できる仕掛《しか》けが、あらゆる所に設置されているんだ。この本もそこにあった。多分王族なら誰でも読めるようになってるんだろうけど、なんか特殊《とくしゅ》な術がかけられてたみたいだから、適当に外して持って来ちゃった」

内緒《ないしょ》ね、とディラン様は笑って言ったが、それっていわゆる禁書《きんしょ》ってやつだよね……？

万が一にも、落としたりしたら大変だ。

「そんな貴重な本を勝手に持ち出したらダメですよ」

「……そうだよね。ベルはこういうの、嫌いだよね。ごめん」

「あっ、いえ、そういうつもりで言ったわけでは……」

強く言いすぎてしまったと思い、慌てて言い直そうとしたが、すぐにディラン様に違う話題を振られてしまった。

「そういえば、音楽祭の実行委員、よく立候補したね」

「はい。不安なことも多々ありますが……」

「ベルならできるから、大丈夫《だいじょうぶ》だよ。それに、グラディウスは実行委員の経験もあるから、心強いと思うよ」

「そうなんですね。分からなかったら、グラディウス様に聞いてみます」

微笑みながら殊勝《しゅしょう》なことを言ってみたものの、グラディウスは私に協力してくれるだろうか。

「でも、やっぱり心配だね」

そっと、頬を撫でられる。びっくりしてディラン様の方を見ると、彼は少し苦しそうな表情で、私を見ていた。

「ディラン様？」

「とっても、心配だよ。君と彼を二人にしておくことが」

やはり、ディラン様も気になるのだろうか。グラディウスがミラ様の弟だから。

さすがにミラ様のように彼が何か仕掛けてくるとは思えないが、警戒《けいかい》は解かない方が良さそうである。

とはいえ、いつまでも怯《おび》えているわけにはいかない。初めて与《あた》えられた生徒会の大役だ。私にだって、どうにか成《な》し遂《と》げたい思いがある。

「大丈夫です、ディラン様！　守られてばっかりの私ではありませんよ。実行委員として必ず音楽祭を成功させてみせますから」

ディラン様はやる気に漲《みなぎ》る私を優しく抱《だ》きしめた。いつもと少し様子の違う彼に、私はあれ？　と内心首を傾げた。

「いいんだよ。ベルは、ずっと俺に守られてるだけでいいんだ」

「え、え？」

もしかしてグラディウスって結構ヤバい奴《やつ》だったりする？　私の気合いでどうこうできるような問題じゃないのかしら？

ぎゅうっと抱きつくディラン様を宥《なだ》めるように彼の背中を撫でた。やはり、様子がおかしい。

「ディラン様？」

「……閉じ込めておきたい」

「え？　すみません、よく聞こえなくて……。もう一度言ってもらってもいいですか？」

私が聞き返した途端《とたん》、ディラン様が離《はな》れた。彼はいつも通り、柔らかな微笑《びしょう》を浮かべている。

「ごめん、なんでもないよ。図書館行こう」

王子様然とした優しい姿と、殺伐《さつばつ》とした雰囲気《ふんいき》を漂《ただよ》わせる姿。

ディラン様って、時々……別人のように空気が変わる。それは私の気のせいかもしれないのだけれど……。

ただ、その時の気分ってだけじゃない気がする。

「ベル？　早くおいで」

棒立ちしたまま動かない私を見て、ディラン様は手招きをした。

まぁ、どんなディラン様も素敵《すてき》で大好きだからどっちでもいっか。私はすぐに思考を放《ほう》棄《き》して、彼の元へ駆《か》け寄《よ》った。

音楽祭の実行委員は想像以上に大変だった。大まかなプログラムやイベントを考えたり、楽器などの手配もしなくてはならない。貴族しか入れない学園というだけあり、何から何までお金がかかっているし本格的だ。

グラディウスのことを警戒する余裕《よゆう》もなく、彼から言われたことをこなすだけで精一杯《せいいっぱい》だった。というか、この数日間で警戒する必要がなさそうだと思い始めている。

どれほど忙しくても、分からないことを訊いたら必ず教えてくれるし、ミスをしても怒《おこ》ったりせず一緒に処理をしてくれる。仕事とはいえ、憎《にく》んでいる相手にここまでよくはしてくれないだろう。グラディウスを怪《あや》しんだのは私の早合点《はやがてん》だったかもしれない。

「……こういう裏方は、本来従者がするもの。ベルティーア様が立候補するとは思っていなかった……。今からでも私が代わろうか？」

忙殺《ぼうさつ》されている私を見かねたのか、いつもは話しかけてこない三年生のハルナが心配そうに提案してくれた。

実はこの提案、シュヴァルツからも受けていたのである。あの冷徹《れいてつ》無表情なシュヴァルツが私を助けようとするなんて！　と一種の感動を覚えていたのだが、傍《はた》から見ていると手際《てぎわ》が悪く見えただけに違いない……。

「すみません。中々効率よくこなせなくて……」

「ち、違う！　そういう意味じゃ……」

ハルナは困ったように眉尻《まゆじり》を下げて、おろおろと視線を彷徨《さまよ》わせた。私は慌てて言葉を足す。

「ごめんなさい。困らせるつもりはなかったのでそんなに気に病まないでください」

「ううん……。私の言い方が悪かったから……。ベルティーア様が私なんかに謝る必要はないし、そんな丁寧《ていねい》に話さなくてもいいよ。……私は、言葉が苦手だから、上手く喋《しゃべ》れないんだけれど……」

いつも無口なハルナが一生懸命《いっしょうけんめい》話そうとしている。私は驚いて、言葉を選びながら一心に話す彼女を見つめた。

ハルナは生徒会のメンバーであるが、グラディウス同様、どこか皆《みな》と一線を引いている女性だった。王太子の側近だからというのもあるのだろう。私やアリアはどちらかというと、第二王子寄りなわけだから輪に入りづらかったのかもしれない。

彼女は年上とは思えないくらい華奢《きゃしゃ》な身体《からだ》つきをしており、アレンジの効いた可愛らしい制服を着用していた。華《はな》やかな見た目とは相反するように、表情はいつも硬く、話す時は独特の間《ま》がある。

そんなハルナがこんなに喋るなんて。

「ま、まじまじ見てどうしたの？　やっぱり気分を悪くしたかな……」

「あ、いいえ！　違いますよ。学内では、先輩《せんぱい》には敬語を使うべきだと思っているので、私は気にしていません」

「そう……」

「にしても、ハルナ様が私に話しかけるのは珍しいですね」

「……様はやめてほしい。お願い」

ハルナは見たことがないほど顔を歪《ゆが》めて言った。本当に嫌そうだ。

「王族が、従者に敬称《けいしょう》を付けるなど、あってはならない」

「……私、王族じゃないですよ?」

「でも、いずれ王子妃となる方。だから、王族だよ」

私は思わず目を丸くしてハルナを見た。

そして、きっとシュヴァルツも、そういう意味で私に声をかけてくれたのだと思った。

私は、シュヴァルツの主ではないが、主の婚約者である。

おそらくただのベルティーア・タイバスなら、ハルナもシュヴァルツも私と代わろうなどと提案しなかっただろう。彼らにとって、王族というのは絶対の君主であり、彼らの目に私は『王族の婚約者』として映っている。

王族の婚約者――ミラ様のおっしゃっていた通り、覚悟《かくご》がないと務められないな。

「ありがとうございます、ハルナ。でも、私は大丈夫です。むしろ、生徒会での初のお仕事ですから張り切っていますし、やってみると楽しいですから!」

「……なら、良かった」

ハルナはホッとしたように薄《うす》く微笑んだ。いつもは冷たい表情をしているが、こうして笑うととても可愛らしい人だ。

「グラは、頭が固いし馬鹿だけど……ベルティーア様となら上手くやれているみたいだね」

「お仕事をしっかり教えてくれるので、助かっています」

にっこり笑うと、ハルナも嬉しそうに笑った。

「ベルティーア様は、すごくすごく優しいね」

「そうですか？」

「うん。グラは、無愛想で言葉足らずでしょ？」

「まぁ……どちらかと言えば？」

私が首を傾げながら言うと、ハルナはおかしそうに口角を上げた。

「……あの子は、嫌われやすいから。だから、ありがとう」

「私も、とても良くしてもらっていますから」

私がハルナに微笑みかけると、彼女も笑って頷いてくれた。


「二週間後に、ホールでオーディションを行う」

ある日、グラディウスから呼び出された。手渡《てわた》された資料には、オーディションを受ける生徒の名前がずらりと書き連ねてある。

「これ、全員オーディション参加希望者ですか？」

「いや、まだエントリーは締め切っていないから、さらに増える予定だ」

「……審査員《しんさいん》は私たちだけ？」

「他も呼ぶか？　そうなると日程の調整も必要になるが」

「ダイジョウブデス。二人で頑張りましょう……」

この量を二人でか、と一瞬頭を押さえたくなったが、グラディウスの手前苦笑いを浮かべるだけに留《とど》めた。参加者の情報やオーディション当日の流れまでを資料にまとめてくれたグラディウスの労力を思えば、ただ座って審査するだけの仕事など楽なものと考えよう。

生徒会ではディラン様があまりにも優秀だから霞《かす》んでしまうけれど、グラディウスも十二分に仕事ができるし、何より手際がいい。

「地道に捌《さば》いていけば必ず終わる」

「そうですね。頑張りましょう！」

私がなるべく明るい声を出して言うと、グラディウスは神妙《しんみょう》な顔をして頷いた。彼もハルナと同様、あまり笑わない。側近って、表情筋が死滅《しめつ》した人しかなれないのだろうか。

シュヴァルツを思い出して、心の中でひっそりと笑った。

「ベルティーア嬢。この後少し話したいことがあるのだが、時間はまだ大丈夫だろうか」

なんだろう。仕事の話かな。

珍しく昼休みに呼び出されたから、元々話したいことがあったのかもしれない。

しばらく仕事を一緒にしたことで、グラディウスに対する警戒心がゼロになっていた私は、快く頷いて彼について行った。

着いた先は、人気《ひとけ》の少ないベンチだった。グラディウスは持っていたカゴからサンドウィッチを取り出して、私に差し出す。

「え、頂いていいんですか？」

「腹が空《す》いているのなら。昼食をまだ食べてないだろう？」

「はい」

「なら遠慮《えんりょ》するな」

差し出されたサンドウィッチはとても美味《おい》しそうだけど、普通のと比べてありえないボリュームをしている……。

淑女《しゅくじょ》たるもの、はしたなく大口を開けて食べるわけにはいかない。

私が食べ方を思案していると、グラディウスが口を開いた。

「ずっと、言おうと思っていたんだが——ミラのことで」

「っ……」

不意打ちの言葉に、身体が強張《こわば》った。その拍子《ひょうし》にサンドウィッチを強く握ってしまい、具がはみ出そうになるのを慌てて元に戻す。

まずい、完全に油断していた。この数日全くそんな素振《そぶ》りも見せないから、彼は私にミラ様の話をしないのだと勝手に思い込んでいた。

……いや、もしかしたらグラディウスは私と話す機会を窺《うかが》っていたのかもしれない。

何を言われるのかと緊張している私とは裏腹に、グラディウスはいつもとなんら変わりない声音《こわね》で話し始めた。

「彼女は、ギル様との婚約を破棄《はき》され国外追放になった」

「婚約破棄……国外追放……!?」

噂には聞いていたものの、あまりの衝撃に私は固まったまま動けなくなった。

私のせい、だろうか。私が余計なことをしなければ、ミラ様はこんなことにはならなかったかもしれない。

〝余計なこと〟が自分の中でどの行動を指すのか分かってはいなかったが、婚約破棄、国外追放と聞けばなんとも言えない罪悪感を覚える。被害者《ひがいしゃ》である私が気に病む必要はないのだろうが……思いの外《ほか》、処罰が重い気がする。

「お、王太子殿下《でんか》は、大丈夫なんですか？」

混乱して変なことを聞いている私をグラディウスが不思議そうに見る。

「大丈夫もなにも、その決断を下したのはギル様だから、何も問題ない」

考えていたことがすべて吹《ふ》っ飛び、私は絶句した。そんな中で、一瞬だけミラ様の顔が脳裏《のうり》を過《よぎ》る。血と執着《しゅうちゃく》に染まった彼女の姿は、忘れられないほど私に強烈《きょうれつ》な印象を残していた。

「……」

黙って俯《うつむ》く私をグラディウスはしばらく眺《なが》めていたが、ほどなくして口を開いた。

「ベルティーア嬢、俺は貴女《あなた》を恨んでいない。ミラとは異母姉弟《いぼきょうだい》ではあるが、ギル様を裏切ったのだから当然の処罰だったと思っている。それに、すべての元凶《げんきょう》はミラであって、ベルティーア嬢は何一つ悪くない。……だから、そんなに罪悪感を覚えないでくれ」

グラディウスを見ると、彼は困ったように口をへの字に曲げていた。少し後悔《こうかい》しているようにも見える。言わなければ良かった、と分かりやすいほど顔に書いてあった。

「……気遣っていただきありがとうございます。でも、何か伝えたいことがあるから私にお姉様のお話をしたんですよね？」

グラディウスはぴくりと肩《かた》を揺《ゆ》らし、目を泳がせた。そして、小さく頷く。

「俺の主は王太子殿下であるギル様で、ギル様は絶対的な存在だ。それは、変わらない。ミラが死刑《しけい》になろうともこの忠誠心は微塵《みじん》も揺らがないだろう」

いや、怖《こわ》いわ。

私は口から出かけた言葉をかろうじて飲み込んだ。側近たちは揃って言い回しが怖い。

シュヴァルツも、話せば話すほどディラン様への崇拝がボロボロと溢《あふ》れてくるものだから、幼少期はよく引いていた。

　グラディウスからは、シュヴァルツに似た匂《にお》いを感じる。

「ミラは身体が弱かったから部屋に篭《こも》りがちで、話したことはほとんどなかった。俺はギル様の側にいるために王宮にいて、正直、彼女を姉だと思ったことも、ない」

　そこまで言って、グラディウスはしばらく黙った。束《つか》の間《ま》の沈黙《ちんもく》の後、テーブルに彫《ほ》られた美しい模様を見つめながら続ける。

「俺は、愛やら恋にはとんと疎《うと》いが、彼女の言わんとすることはなんとなく理解できた。ギル様に縋《すが》るミラを見て、彼女はこんな結末を望んでいたわけではなかっただろう、と。——すまない。被害者の貴女に言うことではなかった。悪いのは彼女だ。忘れてくれ」

　グラディウスは黙って話を聞く私を一切《いっさい》見ずに、静かにサンドウィッチを食べた。彼はいつもまっすぐ前を向いて、こちらが怯《ひる》むほど視線を逸《そ》らさない癖《くせ》があるというのに、今はどこか消極的だった。

「間違っていたら本当に申し訳ないんですけど……」

　グラディウスが、窺うように私を見る。彼の瞳はミラ様より濃《こ》い紫色《むらさきいろ》で、彼の褐色の肌によく映《は》えていた。

「後悔したんじゃないですか？　もう少し、ミラ様を知っておけば良かったたって」

グラディウスは目を伏《ふ》せて、「そうなのだろうか」と呟いた。

「ミラ様は嫌がっていましたが、私はあの方の気持ちがなんとなく理解できます。ミラ様から見ると、私とは共通点が多かったようです。幼少期、私は中々社交界に顔を出せなかったので病弱だと言われていましたし、彼女と同じ王族の婚約者です」

ミラ様は、私と自分を比べていた。もしかしたら、私と会う前は同じ境遇《きょうぐう》同士、仲良くできると思っていたのかもしれない。

だが、現実は違った。

『どうして、貴女ばっかり！』

ミラ様が叫《さけ》んだあの言葉が、彼女の本心だったのではないだろうか。〝寵愛《ちょうあい》を受けたあの子と関心も向けられない私〟。ミラ様は、己《おのれ》の境遇をそう解釈《かいしゃく》したのではないか。

すべては、私の勝手な妄想《もうそう》だ。ミラ様の抱《かか》えていた嫉妬《しっと》や劣等感《れっとうかん》は、到底私たちが代弁できるような、そんな生ぬるいものではないと思う。彼女の想《おも》いを語れるのは、彼女だけ。

ミラ様が生きた世界が、すべてなのだから。

「……少し、腑《ふ》に落ちた」

「え？」

異様なほど静かだった場に、グラディウスの小さな声が落ちる。私のさっきの発言から、グラディウスなりに色々考えていたらしい。

「シャトレーゼ家は、王家の手となり足となり不変の忠誠を尽《つ》くす一族だ。そこには見返りなどなく、ただ純粋《じゅんすい》な忠誠心をもって主に献身《けんしん》せねばならない。――ミラは、シャトレーゼとして生きるには、弱すぎたようだ」

グラディウスは酷《ひど》く悲しそうに眉を寄せて言った。

「……グラディウス様がおっしゃるのなら、きっとそうだったのでしょうね」

ボーン、と遠くで鐘《かね》の音が聞こえる。昼休みが終わる十分前に鳴る鐘だ。

「ベルティーア嬢、貴女が初めて王族の誕生日パーティーに出席した日のことを覚えているか？」

「え？　はい。覚えていますよ」

「そこでギル様と会ったことは？」

「かなり鮮明《せんめい》に覚えています」

それはもう大変だった誕生日パーティー。忘れるはずがない。

王太子と会わないようディラン様に言われていたのに、王城の温室で偶然《ぐうぜん》会ってしまい、それがディラン様の逆鱗《げきりん》に触れたという苦い思い出だ。あの時のディラン様は本当に怖かったし、今よりずっと感情の起伏《きふく》が激しかった。

「じゃあ、そこでギル様に言われたことは？」

「王太子殿下に……？」

ちんちくりんと言われたことは覚えているが、他に何か言われただろうか。ディラン様と王太子の魔法バトルが強烈すぎてその前後の記憶が曖昧《あいまい》だ。うーん、と頭を捻《ひね》って、思い出す。

「そういえば、私の側近の婚約者にしてやろう、って言われましたね」

言ってから、あっと思った。王太子が言っていた自分の側近って、もしかしてグラディウスのことだった？

その予想はどうやら当たっていたようで、グラディウスは噴《ふ》き出すようにして笑った。彼にしては珍しい豪快《ごうかい》な笑い方だった。

「こんな話を掘《ほ》り返すなど、ディラン様に聞かれたら殺されてしまうな」

恐ろしいことを言いながら、グラディウスは楽しそうだった。やっぱりこの人もどこかネジが外れているのかもしれない。

「貴女は、強くてまっすぐで……優しすぎる」

「そうですか？」

「あぁ。だから、少し危ない」

グラディウスは立ち上がり、私の側に膝《ひざ》をついた。忠誠を誓う騎士《きし》みたいだなぁなんて呑気《のんき》に思った瞬間《しゅんかん》、ものすごく自然な動作で頬を撫でられた。

「まず、こんな人の少ない所で男と二人きりになってはダメだ。男から食事を受け取るなどもってのほか。何が入っているか分からないだろう？」

ここに案内してくれたのはグラディウスだし、サンドウィッチをくれたのも貴方《あなた》でしょ、と思ったが、その言葉が口から出ることはなかった。驚きすぎて、喉《のど》が張り付いたように声が出なかったからだ。

グラディウスから触れられるなど、一体誰が想像しただろうか。天地がひっくり返ってもありえなそうなことが、今起きている。

「あと、触れられたらすぐに逃《に》げろ。危機感がないぞ」

「……へ？」

混乱する私を見て、グラディウスはおかしそうに微笑んだ。

「俺が貴女の隣に立つことは決して叶《かな》わない。それはよく弁《わきま》えているが、今日ベルティーア嬢と話してそれが心の底から残念だと思った」

グラディウスは頬から手を離すと、いつもの硬い表情に戻っていた。そして、「授業に遅《おく》れるなよ」と言い残して去って行く。

色々なことが脳内処理できていなかったが、私はこれだけは言わなければ、と遠ざかっていくグラディウスに向かって叫んだ。

「サンドウィッチ、美味しかったです。ありがとうございます！」

グラディウスはこちらを振り返り、軽く頷いてから去って行った。

アリアは嫌な予感がした。

「さっきグラディウス様に呼ばれたから、今日のお昼ご飯はアスワド様と食べてもらっていい？」

「分かったわ」

ベルティーアの提案にアリアは気にしていないように頷きながらも、内心かなり驚いていた。

グラディウスは、生徒会で見ている限り人と馴《な》れ合うような性格はしていない。唯一《ゆいいつ》、ハルナとはよく話すようだったが、ハルナ以外の生徒会メンバーと話しているところはほとんど見たことがなかった。

特に、彼から話しかけられることは滅多《めった》にない。ベルティーアと同じ実行委員になった時も、必要最小限の接触《せっしょく》だけでアリアは心底安心したものだ。

なぜなら、ベルティーアが他の男と行動することをディランが許すはずがないからである。ベルティーアとグラディウスが仲良くなろうものなら、あの嫉妬深いディランが荒《あ》れに荒れることは目に見えていた。

――否、アリア以外はディランの微細《びさい》な変化になど気が付かないだろう。彼は、自分を作ることが上手すぎる。アリアだって前世の記憶がなければ、ディランの心に潜《ひそ》む狂気《きょうき》など分からなかった。

しかし、ディランを推しとしてゲームを何回もクリアしてきたアリアだからこそ、彼のことは人一倍知っている。

ディランは限りなく闇《やみ》に近い性質を持ち、闇堕ちした彼はヒロインでさえも救えない。ディランと恋愛《れんあい》をすれば拉致監禁《らちかんきん》され、彼の寂《さび》しさを埋められないまま共倒《ともだお》れするバッドエンドを迎える（このバッドエンドにたどり着くまでの選択肢《せんたくし》選びも難易度が鬼《おに》高いのだが）。

普段《ふだん》の穏《おだ》やかな彼から時折覗《のぞ》く執着。ベルティーアは、気付いているのだろうか。いや、このまま気付かない方が幸せかもしれない。あれは、他人が介入《かいにゅう》して解決する類《たぐい》のものではなさそうだ。

「どうしてこんなに、心配事ばかりなのかしら」

「珍しく考え込んでる顔をしているな」

深くため息をついたアリアの元にやってきたのは、二つのランチボックスを手に持ったアスワドだ。

寮暮らしが壊滅的《かいめつてき》に向いていないアリアの世話を焼いているのは他でもない、アスワドだった。アリアの分まで昼食を作ってくるようになったのは一体いつからだったか。

正常に考えたらアスワドは献身的すぎるのだが、当の本人はアリアが喜ぶことに満足している。ベルからは「甘やかしすぎないように」と口酸《くちす》っぱく言われているが、アスワドは全く気にしていないようだった。

「はい。アリアの分」

「わぁ！　いつもありがとう、アズ！」

「どういたしまして」

アリアの綻《ほころ》ぶような笑顔に、アスワドは嬉しそうに頬を染めながら頷いた。

甘やかされることに慣れているアリアはいそいそとランチボックスを開け、美味しそう！　と可愛らしくはしゃいだ。

「ところで、何をそんな深刻そうに考え込んでいたんだ？」

いつも三人が昼食を取る食堂のテラス席には、ベルだけがいない。アリアは空いた席を見て、再びため息をついた。

「ベルと王子のことを考えていたの」

「順調じゃないのか？　殿下は前より生き生きしているように見えるが」

「へぇ……周りからはそう見えるのね。確かに笑顔は増えたけど、だからといって幸せとは限らないのよ」

「それは深読みしすぎじゃないか？」

アスワドは顔を顰《しか》め、アリアを窘《たしな》めるような声色《こわいろ》で言った。しかし、アリアは首を振る。

「ベルがグラディウスと同じ実行委員になったでしょ？　そのせいで、ベルと王子の仲に亀裂《きれつ》が入らないか心配なの」

「ミラ様と違ってグラディウス様がベルティーア様に何か仕掛けるわけではないだろう。殿下の婚約者なんだし」

「いいえ。グラディウスという男がベルの近くにいることが問題なの。ベルと話し、ベルが笑いかけ、仲良くなったりでもしたら……」

アリアはみるみるうちに顔を青くし、身体をぶるりと震《ふる》わせた。アスワドは、そんなに？　と思いつつも無駄《むだ》な口出しはしなかった。所詮《しょせん》、アリアの勝手な妄想だ。

アスワドから見たディランは眉目秀麗《びもくしゅうれい》、完全無欠のスーパー王子様だ。人当たりはいいし、頭もいいし、顔もいいし、声もいい。ついでに体格も身分も何もかも恵まれている。アスワドはディランのことを素直に凄《すご》い人だと尊敬していた。ただベルティーアがいない時、氷のように冷たい瞳をしていることがあるので、そこが多少引っかかる。

それでもアスワドに分かるのは、「俺が思っているよりずっと、ベルティーア様を大切にしているんだろうなぁ」くらいだ。ディランは他人に自分を悟《さと》らせようとしない。柔らかさの向こうに、拒絶《きょぜつ》がある。故《ゆえ》に、アスワドも深く考えないようにしていた。

「アリア、あまり殿下を詮索《せんさく》しない方がいい。ベルティーア様との関係についても」

「なんでよ。友達のことを心配してるのよ？」

「お前は少し、鋭《するど》すぎる時がある。殿下にだって触れてほしくない部分があるんだよ」

他人に自分を推測されるのが嫌な気持ちは、アスワドにも分かる。ベルとディランの関係は、二人で決めていくものだ。自分たちがここであーだこーだ言っても何も起こらない。

「アリアは大概《たいがい》、ベルティーア様に対して過保護だよな」

「……そりゃそうよ。私は、知ってるもの」

思いの外沈《しず》んだアリアの声に、アスワドは顔を上げた。

アリアなら、「ベルは大事な親友だからね！」と明るく返事すると思っていたのだ。

「あの人を暴走させるのは、とても恐ろしいことなのよ」

まるで見たことがあるような言い方だと思った。アリアにしか見えない何かが、見えているのだろうか。

アスワドは不思議に思いながらも、そっか、とだけ返事をした。その時、視界の端《はし》にベルティーアの長い髪が見えた気がした。

思わずそちらを見てみると、ベルティーアとグラディウスが二人で歩いているところだった。

「あっ、ベルティーア様」

いち早く反応したのはアリアだ。

アリアはアスワドの視線を素早く追い、そして慌てたように席を立つ。

「ごめん、アズ！　ちょっと見てくる！」

「あっ、おい！」

アスワドが引き止めるより早く、アリアはテラスから飛び出した。本当に、猪突猛進《ちょとつもうしん》を体現したような女の子である。

アスワドは諦《あきら》めて一人で食事を再開する。机に置いてあるアリアのランチボックスは、綺麗に空《から》になっていた。

何だかんだ言いつつきっちり食べてくれた嬉しさを感じながら、アスワドは明日の献立《こんだて》を考えるのだった。


アリアは隠れるようにベルティーアの後を追った。こんな人目につかないところで一体何をしているのかと怪しみつつ、校舎の太い柱に隠れ、二人の様子を窺う。

想像していたよりも穏やかな雰囲気だ。グラディウスもあんな風に喋ったりするんだ、とアリアは意外に思った。

内容まではさすがに聞こえないが、ベルティーアもグラディウスも真剣《しんけん》な表情なので、重要な話でもしているようだ。

（実行委員の話し合いとかかしら？）

アリアが単純にそう思った瞬間、視界に飛び込んできた人物に息を止めた。

「……え？」

ディランだ。三階の廊下《ろうか》を歩いている彼は、ベルティーアたちにはまだ気付いていない。

だが、ちらりとでも窓の外を見たら、二人が一緒にいる姿が目に入ってしまう。

（絶対に気付いちゃだめ！）

アリアは天に祈《いの》るように胸の前で手を組み、心の中でこちらを見るなと念を送る。

だがアリアの願いも虚《むな》しく、ディランは窓越《ご》しに空を見て、下を見た。本当に、なんとなくだろう。

歩いていたディランが、ピタリと止まった。彼はじっと二人を見ているようだった。

（もう！　ベルったら、どうしてこんなところで二人っきりになったりするのよ！　他人に優しさを見せる場所を見誤ると王子の制御《せいぎょ》が大変なんだから、ほどほどに――あっ）

グラディウスがベルティーアに触れる。

アリアは反射的にディランの方を見た。ディランはその場からピクリとも動かず、ただ静かに二人を見下ろしている。ディランの表情を見て、アリアはゾワリと背筋に悪寒《おかん》が走った。

咄嗟《とっさ》に柱の裏に隠れ、しゃがみ込む。

「……っ」

出そうになる悲鳴を、両手を使って抑え込んだ。手が、震えている。

(──キレてる、なんてもんじゃない。なんなの、あの目は)

彼の瞳は、宝石のような美しいブルーだ。あんな濁《にご》った色はしていない。

ベルティーアとグラディウスを見つめるディランは、怒《いか》りや嫉妬を超越《ちょうえつ》した何かを発しているような気がした。黒くドロドロとした、独占欲《どくせんよく》みたいなものをもっと煮込《にこ》んで愛とか恋とかでぐちゃぐちゃにした感じ。

(ゲームでも見たことがないほど歪んでる)

どれくらいそうしていただろうか。グラディウスの気配はなくなり、ディランもどこかへ行っていた。

「あれ、アリア?」

こんなところでどうしたの?　とベルティーアが呑気に声をかけてくるまで、アリアは恐怖に支配されていた。ベルのいつもの声にハッとして、顔を上げる。

無邪気《むじゃき》な親友の顔を見ていたら、なんだか無性に泣き出しそうだった。

「ベルと会えなくなったらどうしよう」

「……どういうこと?」

「このままじゃ絶対王子に閉じ込められちゃう!」

「ええ、なんの話？　大丈夫？」

無知とは最強だ。こうして何も知らずにのほほんとしていられるのだから。

「もう、ベルの馬鹿！　どうしてグラディウスと二人きりになったりするの？　危機感なさすぎ！」

「もしかして、さっきの見てた？」

ベルティーアは恥《は》ずかしい、と言いながら頬を染めた。アリアは歯痒《はがゆ》くて、地団駄《じだんだ》を踏《ふ》みたい気分だった。

「まさかグラディウスがあんなに話す人だとは思わなくて……」

「距離詰められすぎでしょ！」

「あれは不可抗力《ふかこうりょく》というか……」

ベルティーアは困ったように眉を寄せた。アリアがわがままを言うと、彼女はよくこの顔をする。

アリアはベルティーアに抱きついた。ディランと付き合うなとは言わないが、彼女と話せなくなるのは嫌だった。

「本当にどうしちゃったの？」

困惑《こんわく》したようなベルティーアの声を聞きながら、アリアは強く決心する。

「私は絶対、ベルの味方だから」

「よく分からないけど……。ありがとう」

アリアはパッとベルティーアから離れて、教室の方へと歩き出す。ディランに気圧《けお》されていたとはいえ、抱きつくのはやりすぎだったかと後から恥ずかしさがこみ上げてきた。

「あれ、アスワド様は？　一緒じゃないの？」

いつもアリアの側にいる騎士がいないことに気付いたベルティーアがアリアに聞いた。

アリアは慌てたように口元を手で覆《おお》う。

「……食堂に置き去りにしちゃった……」

「もしかして、一緒に食べなかったの？」

「途中《とちゅう》までは一緒だったんだけど……」

「アリアったら、お昼ご飯作ってもらっているんだから、ちゃんと一緒に食べなさいよ。お礼は言った？」

「そうだ！　ごちそうさまでしたって言ってない！」

「早く教室戻って、アスワド様に謝りましょう」

ベルティーアはアリアに呆《あき》れた視線を向ける。ベルティーアと話していると、先ほどの恐怖は何だったのか、というほど心が明るくなった。おかげで今はもう、アスワドに早く謝りたい気持ちでいっぱいだ。

「アリアもたまにはアスワド様にお菓子《かし》とか作ってあげたら？」

「そうよね。いつもお世話になってるし。ベル、今度一緒に作ってくれない？　一人だと絶対失敗するわ」

「もちろん。心を込めて作りましょうね」

即答《そくとう》してくれたベルティーアに、あぁやっぱり最高の親友だ、とアリアは心の底から思ったのだった。

第二章　独占欲

夢を見る。すごく、すごく嫌《いや》な夢だ。

「ディラン様？　大丈夫《だいじょうぶ》ですか？」

ハッと目が覚める。うたた寝《ね》でもしていたのだろうか。

目の前にはベルがいて、柔《やわ》らかく微笑《ほほえ》んでいた。

「珍《めずら》しいですね。こんなところで眠《ねむ》るなんて」

寮《りょう》にある中庭のベンチで寝てしまっていたようだ。ベルの言う通り珍しいことだった。

基本的に眠りが浅くて、外で居眠《いねむ》りなどできない性質《たち》なのに。

膝《ひざ》の上には読みかけの本——この前図書館で借りてきた禁書《きんしょ》が開いたままになっている。

ベルには読めないだろうが、そっと本を閉じて隠《かく》すようにベルとは逆の位置に置いた。

中庭には薔薇《ばら》が咲《さ》き乱《みだ》れている。こんなに薔薇が咲いていたかと思ったが、その疑問もすぐに霧散《むさん》した。

「私、恋人《こいびと》ができたんです」

ベルが言った。

「――は？」

「優《やさ》しくて、素敵《すてき》な人です」

「ベルは、俺の恋人でしょ？」

尋《たず》ねた声は震《ふる》えている。ベルは信じられないほど明るい声と笑顔《えがお》で言った。

「そうでしたっけ？　あぁ、そういう時期もありましたね。ディラン様のことは好きですけれど、もっと好きな方を見つけたんです」

「な、なんで……」

「なぜでしょうか。でも、好きだなぁって思ってしまって。人を好きになるのに理由がいりますか？」

信じられない、裏切られた、という思いとは裏腹に、納得《なっとく》している自分もいた。

いつか、こういう日が来るのではないかと感じていた。俺じゃなくて、違《ちが》う誰《だれ》かを好きになってしまうんじゃないかって――ずっと、恐《おそ》れていたから。

仮初《かりそめ》の優しさなんかより、本物の優しさに惹《ひ》かれるに決まっている。

「俺じゃなくて、そいつがいいの」

「はい。かっこよくて、優しくて頭が良くて。人の気持ちが分かるし、誰にだって平等です」

「俺にはないものを持ってるんだね。素敵だ」

全く思っていないくせに、ベルに合わせて頷《うなず》いた。彼女が好きだというその男のことを否定して、嫌《きら》われるのが怖《こわ》かった。

「教えてよ。俺のどこがダメだったの？」

「……ディラン様にダメなところなんてありませんよ。ただ、私が心変わりしてしまっただけです」

ギリッと奥歯《おくば》を噛《か》みしめた。お前は彼のようにはなれないと、言われているような気がして。

「俺、誰にだってなるよ。ベルの好きな人を模倣《もほう》するなんて簡単だ。だから――」

「聞かない方がいいですよ。貴方《あなた》を、否定してしまう」

ベンチに座っていたベルを押し倒した。少し乱暴に、でも怪我《けが》はしないように。

ベルは驚《おどろ》いた顔をしなかった。ただじっと、人形のように俺を見ていた。

「相手は誰なの」

「さぁ、誰でしょうか」

「アスワド？　ラプラス？　それともグラディウスかな。誰でもあり得そうだ」

「貴方《あなた》が言うなら、そうだと思いますよ」

「ちゃんと答えて！」

ベルは笑った。柔らかく、優しい手で俺の頬《ほお》を撫《な》で、溢《あふ》れる涙《なみだ》を掬《すく》った。

「――ディラン様のこと、好きですよ。貴方の仮面は素敵でした。優しくて頼《たよ》りになる生徒会長。それだけでなく、王族で強い魔法《まほう》も使えてかっこいいです。でも、実際の『貴方』は少し違いますよね。すぐ嫉妬《しっと》するし寂《さび》しがりやだし、魔力《まりょく》は強すぎて制御《せいぎょ》すらできない時がある。正直、失望しました」

ベルは淡々《たんたん》と事実を述べた。

もう話すことはないとばかりに起き上がろうとする彼女を、今度は配慮《はいりょ》の欠片《かけら》もない動きで封《ふう》じ込める。

頭を強く打ったのであろう彼女は、痛みに顔を歪《ゆが》めた。そして俺を睨《にら》みつける。

「何するんですか！」

「ベルはさぁ、甘いよ」

寮の中庭が、薔薇で覆《おお》われた秘密基地に変貌《へんぼう》する。魔法を使ったつもりはなかったが、なぜか俺が作り出した空間に変化していた。

「なんで一人で会いにきたの？　その恋人とやらを連れてこなくて良かったの？　まぁ、来ても殺しちゃうけど」

ベルは逃《に》げるために俺を押《お》し退《の》けようとするが、それを力ずくで抑《おさ》える。怯《おび》えた目をしてこちらを見るベルは――可愛《かわい》らしかった。

首筋に唇《くちびる》を寄せ、強く吸う。独占欲《どくせんよく》をむき出しにした所有の証《あかし》はベルの白い首筋に鮮《せん》烈《れつ》な印象を残した。

「その恋人と、キスした？」

「……し、してないです」

ベルは可哀想《かわいそう》なほど震えながら首を横に振《ふ》った。ほんとかなぁ。指を鳴らすと、草の蔓《つる》がベルの両手首に巻き付いた。ベルは驚いて、手首を捻《ひね》ったりしていたがあまり効果はない。

涙目のベルの顔を両手で包み込み、視線を合わせる。怯えきったその表情に、酷《ひど》く心が揺《ゆ》さぶられた。

「大好き。愛してるよ、ベル。――本当は、こんなことしたくないんだ。でも、仕方ないよね？」


ベルが、逃げようとするから。


「ディラン様」

ハッと目が覚めた。部屋は真っ暗で、何も見えない。

「ディラン様？」

暗闇《くらやみ》の中、扉《とびら》の向こうから声が聞こえた。シュヴァルツの声だ。

「……なんだ」

出した声はいつもより掠《かす》れていて、身体《からだ》は汗《あせ》で濡《ぬ》れていた。

「いえ、物音がしたので……大丈夫ですか？」

あぁ、またか、と思った。

「大丈夫。変な夢を見ただけだ」

シュヴァルツは、「そうですか。何かありましたらすぐにお呼びください」と言って気配を消した。

「――はぁぁあ」

またあの夢か。俺とベルの、最悪の結末。一番想像したくないことなのに、なぜこうも鮮明《せんめい》に繰《く》り返されるのだろう。

確かに昔から寝つきは悪かったし、悪夢に魘《うな》される夜もあった。でも、こんなに連夜夢を見ることはない。同じ夢を何度も見ることも初めてだ。

――さすがに、異常。

夢でベルが言った通り、俺は嫉妬深いし寂しがりやだし、ベルが思うような立派な人間ではない。しかし、すべてをネガティブに捉《とら》えて悪夢に魘されるほど大人しい性格もしていないのだ。

俺は、ベルを手に入れるためなら手段を選ばない。もちろん、魔法を使うのは最終手段だけれど。

この悪夢の正体は、おそらく先日ミラから受けた精神魔法。あれ以外に原因が思いつかない。

「シュヴァルツ」

鋭《するど》い声で側近を呼ぶと、シュヴァルツはすぐさま扉から影《かげ》のように現れた。

「お呼びでしょうか」

「ミラの事件についてもう一度調べてくれ」

「お任せください、我が主」

ミラの騒動《そうどう》の直後、〝愛《いと》し子《ご》〟であった者たちには一通り話を聞いたが、彼らは皆《みな》事件について何も覚えていなかった。ただミラ本人に関する記憶《きおく》は消されていなかったので、改めてその線で探《さぐ》るよう指示を出す。

「俺は学園長について調べてみる」

魔法が使えないはずのミラが精神魔法を用いることができたのは、彼女が身に付けていた魔法道具の影響《えいきょう》だ。そして、その魔法道具を彼女に渡《わた》したのは——この学園の学園長。シュヴァルツを唆《そそのか》し、ミラを傀儡《かいらい》にした人物である。

シュヴァルツは学園長の目的は俺だと言っていたが、的外れな考察でもなさそうだ。現に事件が終わった今でもクソみたいな悪夢を見させられている。

再びベルが狙《ねら》われる前に手を打たなければ……また、彼女を泣かせてしまう。俺のことに彼女を巻き込んでしまう。

『——母親殺し』

ハッと後ろを振り向く。誰かに囁《ささや》かれたような気持ち悪さに耳を押さえた。

「ディラン様？」

「いや……」

『王太子殿下《おうたいしでんか》の命《めい》でお側《そば》を離《はな》れることになりました』

『貴方様と関わると王宮での職を失ってしまうのです』

『昔からお世話をさせていただきましたが今は——殿下が恐ろしい』

声が聞こえる。耳鳴りと共に、奴《やつ》らの声が。

貴方から離れるのは仕方がないことなのだと言い置いたあの大人たちは、どんな目をしていただろうか。彼らが本当に恐れていたのは、兄上だったのか？

『違う。彼らが恐れていたのは、兄上じゃなくてお前だろう？』

振り返らず去って行く背中、遠ざかっていく足音——追いかける勇気も出せず拒絶《きょぜつ》されることを恐れていた幼子。

また、俺のせいで大切なものが失われていく。

『お前が、ベルを巻き込んだ。お前さえいなければ、ベルは泣かずにすんだのに』

「……ディラン様？」

訝《いぶか》しげにこちらを見るシュヴァルツを部屋に戻《もど》らせ、ベッドに倒《たお》れ込んだ。頭が疲《つか》れる。胸やけのように気分が悪く、抗《あらが》いようのない眠気《ねむけ》に瞼《まぶた》が閉じていく。

『お前のせいだ。ベルを巻き込むな。近づくな——この化け物』

離れられるならとっくにしている。でも、そんなの一生かかったってできない——だから。

「なんとしてでも、ベルは守らないと……」

呟《つぶや》いた言葉を、頭に響《ひび》く声は嘲笑《あざわら》った。


ディラン様と会えない日々が一週間も続いた。実行委員の仕事が忙《いそが》しすぎて生徒会室に顔を出すことができないからである。

いつもはディラン様からお誘《さそ》いがあるのだが、私を配慮してかその誘いも来ていなかった。

会いたくてたまらなくなっていた矢先、生徒会室で作業することをグラディウスから告

げられた。やっとディラン様と会える！　と内心大喜びしながら、私は努めて冷静に頷く
だけに留《とど》めた。
「今日はご機嫌《きげん》ね」
「だって、ディラン様と久しぶりに会えるんだもの！　アリアは生徒会室でディラン様と
会っているでしょう？　ディラン様の様子はどう？　無理をされていないかしら？」
「いつも通り。特に変わりなくって感じかな。ずーっと机で仕事してるよ。こっちはこっ
ちでいつもの業務があるからね。ベルとグラディウスがしてた仕事は王子がしてるよ」
「私の仕事？　お茶出しをディラン様がしてるの……？」
「違う違う。そうじゃなくて、書類の整理とか振り分け。ベルがしてたでしょ？」
「まぁ、それくらいは」
「今はみんな自分のことで手いっぱいだから王子の手伝いまで気が回らなくて。王子も誰
にも頼《たの》まず自分でやっちゃうのよね。まぁ全部完璧《かんぺき》に仕上げてるんだけど」
アリアは困ったように肩《かた》をすくめた。ディラン様のお誘いがないのは、彼も忙しいから
なのかも。
「自分からサービスしなさいよ。そろそろ王子も干《ひ》からびそうだから」
「ディラン様がそこまで働き詰《づ》めだったなんて知らなかったわ。気合を入れてクッキーを
焼いてきた甲斐《かい》があったわね。これで少しでも労《ねぎら》うことができたらいいんだけど……」

私の言葉に、アリアが反応して立ち上がる。そして目を見開いて私に顔を近づけた。

「私の分は？」

「ごめん、作ってない」

「なんで⁉」

「ディラン様だけにあげた方が特別感あるでしょう？」

「くっ……！　あんた分かってるわね」

アリアは下唇《したくちびる》を噛んで悔《くや》しそうに顔を顰《しか》めた。しかし、すぐに困り顔を作って可愛い子ぶるように瞳《ひとみ》を潤《うる》ませる。

「でもさ、親友にも労《いたわ》りが必要だと思わない？」

「あー、はいはい。作ってくればいいんでしょ？　次に持ってくるわ」

「やったー！　ベルのお菓子《かし》大好きなのよね。私も今度ご馳走《ちそう》するわ！」

アリアはこうやって子どものように素直《すなお》に喜ぶ。そういうところが可愛くてついつい甘やかしてしまうのが私の悪いところだ。アスワド様にアリアを甘やかさないように言っている割に私も大概《たいがい》である。

「ところで、そっちは全く状況《じょうきょう》が進展していないようね。アリア」

「うっ！」

「この前一緒《いっしょ》に作ったお菓子はアスワド様にあげたの？」

「い、一応……」

アリアは目を泳がせつつ頷いた。

「ちゃんとお昼ご飯のお礼言ったし、お菓子も私が作ったって言って渡したわ」

「上出来じゃない。アスワド様はなんて？」

「最初は私が作ったことに驚いてたけど……見たことないくらい嬉《うれ》しそうだった」

「良かったわね」

アリアはお菓子を渡す時のことを思い出したのか、顔を真っ赤にして机に伏《ふ》してしまった。おやおや、あのアリアが乙女《おとめ》の顔をしている。

さては何かあったな？

「キスでもされた？」

「さ、さすがにそれは……！」

「じゃあ何？」

「だ、抱《だ》きしめられた……。勢いで……いや、あれは勢いなのかしら？　確信犯？」

アリアは顔を赤くしながらも、ブツブツと呟いている。

「私から見たら、貴女《あなた》たちはもう両想《りょうおも》いにしか見えないわ」

「そ、そうよね。私もそう思う。でも、どうしてアズは告白してくれないのかしら」

アリアはしょんぼりと頭を下げた。まぁ、なんだかんだ幼馴染《おさななじみ》だし、アスワド様も奥《おく》手《て》だから告白する勇気が出ないだけだろう。

「なんかでも、このままでもいい気がしてきてるの」

「はぁ？」

私の口から呆《あき》れた声が出た。アリアは、だってぇ、と弱音を吐《は》く。

「恋人になったら緊張《きんちょう》するし、学園で気まずいっていうかさ。ほら、別に婚約者《こんやくしゃ》ってわけでもないし……」

「自分から告白すれば？」

「えぇー……」

「私に告白しろって言った貴女が随分《ずいぶん》と臆病《おくびょう》ね」

「そ、それはぁ……」

バツが悪そうに視線を彷徨《さまよ》わせるアリアに、相当失敗したくないんだろうなと思った。彼女がここまで躊躇《ためら》うのは珍しい。いつもなら即《そく》行動で早々に決着がついている。

「もし、もしもよ？　アズに振られたら、私生きていけないもの！」

「振られるなんてあり得ないと思うけど」

両片想いに甘んじていられるのは、二人が上手くいっている証拠《しょうこ》である。告白というリスクを犯《おか》してまで動く気にはならないのだろう。アリアはいいだろうが、アスワド様はもう少し焦《あせ》るべきだ。なにせ、アリアは絶世の美少女。彼女を狙う男はそこらじゅうにいる。

仕方ない。私が親友のために一肌脱《ひとはだぬ》いであげるしかなさそうだ。


机で書類を捌《さば》いていたディラン様に声をかける。集中していて、私に気付いていなかった彼は、驚いたように目を開いた後、柔らかく微笑んだ。

「お久しぶりです」

「久しぶりだね、ベル。今日はこっちで作業？」

「はい。今日はオーディションで使う資料を作ろうと思いまして」

「無理はしてない？」

「してないです。元気いっぱいですよ！」

数日ぶりのディラン様はいつも以上に美しく、輝《かがや》いて見えた。サファイアの瞳が宝石のように煌《きら》めきを放っている。

あぁ、かっこいい……。何も変わっていないはずなのに、会っていなかった日々が愛しさを募《つの》らせる。

「ベルは俺の顔を眺《なが》めるのが好きだね」

ディラン様はおかしそうに目を細めて笑うと、立ち上がり、私の頬を両手で優しく包んだ。

目の前にはディラン様の美しい容貌《ようぼう》。

「俺も、ベルの可愛い顔が大好きだよ」

「あ、うっ……」

ずるい。本当にずるい。甘い言葉は嬉しいけれど、ドキドキして心臓がもたない。

「ふふ、顔真っ赤。この数日間、ベルに会いたくてたまらなかった」

ディラン様に腰《こし》を引き寄せられ、抱きしめられた。大変嬉しいが、忘れてはならないのが、ここが生徒会室であるということだ。

私たちのやり取りにもはや誰も突《つ》っ込まないが、明らかに会話は筒抜《つつぬ》けだ。みんな見えていないかのように自分の仕事をせっせとこなしている。

「ディラン様、私も会いたかったです。せっかくなのでクッキーを焼いてきました」

やんわり腕《うで》をほどいて、鞄《かばん》の中から可愛くラッピングしたお菓子を取り出しディラン様に渡す。

「くれるの？　俺に？」

「はい。特別ですよ」

特別、と言うと、ディラン様は陶器《とうき》のように美しい頬をうっすら赤く染め、溶《と》けそうなほど瞳を潤ませた。

「ありがとう、ベル。嬉しい」

宝物をもらったかのように、ディラン様はお菓子を両手で持って満面の笑《え》みを浮《う》かべた。

その笑顔はいつものディラン様より、幼く見える。

「あ、あと……」

そっとディラン様の耳元に口を寄せて、他の人には聞こえないように声を潜《ひそ》める。ディラン様は「なぁに?」と嬉しそうな声で私の方へ体を寄せた。

「今日、生徒会の仕事が終わったら……二人きりで会いませんか?」

ディラン様はパッと顔を明るくして、幸せそうに頷いた。

機嫌がいい時の彼は、こうやってリアクションが少々大袈裟《おおげさ》になる。

「久しぶりに、トランプしましょう」

「うん、いいね。用意しとくよ」

幼少期を彷彿《ほうふつ》とさせる彼の笑顔に、つられて私も笑みが浮かぶ。美しいが故《ゆえ》に無表情だと冷たい印象を与《あた》えるディラン様だが、こうやって心の底から楽しそうに笑う姿はすごく愛らしいのだ。

「殿下《でんか》、ベルティーア嬢《じょう》、そろそろ良《い》いだろうか」

横から声をかけてきたのはグラディウスだ。私を待っていたのか、手には資料を持っている。

「あ、はい！　大丈夫です」

「この資料を、一緒にまとめてほしい。貴女も把握《はあく》していた方がオーディションを円滑《えんかつ》に進められると思う」

「分かりました。すぐ手伝います」

グラディウスの後に続いて席に戻ろうとすると、ディラン様に腕を掴《つか》まれ引き止められた。

「ディラン様？」

ディラン様は黙《だま》ったまま、何も言わない。俯《うつむ》き加減な角度のせいで、彼の顔がよく見えなかった。

「っ……」

強い力で腕を掴まれている。そんなに力を込めなくても振り解《ほど》いたりしないのに。

どうしたのだろう、とディラン様の顔を覗《のぞ》き込もうとすると、彼が顔を上げた。ぱっと腕を離し、いつも通りの柔らかい笑顔を浮かべている。

「……実行委員の仕事、頑張《がんば》ってね」

「はい！　ありがとうございます」

「うん」

あれ、なんだか急に元気がない？

不思議に思って、首を傾《かし》げる。さっきまであんなに上機嫌《じょうきげん》だったのに。

「どうかしましたか……？」

彼はすっと目を細めて、やはりいつもの笑みを浮かべた。

「――なんでもないよ」

オーディションに使う資料は、エントリーしてきた生徒の情報をまとめたものだった。名前と学年と参加したいステージ、アピールポイントや楽器の経験年数などを順にまとめていく。

その中には、アリアのものもあった。隣《となり》で仕事をしているアリアに話しかける。

「アリアもエントリーしたのね」

「もちろんよ。落とさないでよね」

「そこは平等に審査《しんさ》するから安心して」

アリアは「えぇー」と不満げな声を上げた。アリアが演奏で使う楽器はバイオリン。やはりゲームのヒロイン同様、同じもので参加するようだ。

「バイオリンって、難しくない？」

「練習すれば、誰でも弾《ひ》けるようになるわよ」

「そこにたどり着くまでが大変なんじゃない」

「ベルは芸術的なものよりも、むしろ剣術《けんじゅつ》の方が得意だったわよね。元剣道部《けんどうぶ》だし」

「そうそう私、今でも剣に触《ふ》れることがあるのよ」

私は太ももの辺りを制服の上から撫でながら言った。実は護身用で小型のナイフを常備しており、それに伴《ともな》ってちょっとした稽古《けいこ》もつけてもらっていたのだ。王族の婚約者は身の危険もあるのだからと。すると、アリアが目をキラキラと輝かせた。

「面白《おもしろ》そう！　剣術、私もやってみたいわ！」

「先生のご指導のもとしている稽古だから、そんな簡単に始められるようなものじゃないのよ？　誤って怪我をしたら大変だわ」

「ベルティーア様のおっしゃる通りだぞ、アリア。剣を握《にぎ》るまでに厳しい練習を積み重ねて体を仕上げなければならないんだ」

向かいで作業をしていたアスワド様がこちらに来て言った。

「それに、アリアのことは俺が守るから、戦う必要なんてないよ」

とんでもない殺し文句にアリアはかぁっと頬を赤らめ、「分かった」と呟いた。

ほら！　見てよアスワド様、この恋《こい》する乙女の顔。絶対脈アリに決まってるのに！

「アスワド様、ちょっと」

私はアスワド様がアリアの側に来たのをいいことに、手招きで彼を呼ぶ。アスワド様はきょとんと目を丸くして、私の方に来た。

「どうされました？」

「少し、相談がありますの」

白々《しらじら》しく眉《まゆ》を顰《ひそ》め、私はため息をつく。とても深刻そうな悩《なや》みがあります、と言わんばかりに。

けれどアスワド様は困ったような顔をして、チラリとディラン様を横目で見た。

「あ、あの、相談なら俺ではなく殿下におっしゃった方がよろしいのでは？」

「いいえ。アスワド様にしか言えないことなんです」

そこで私はそっと彼の耳元に口を寄せ、誰にも聞かれないよう囁いた。

「——アリアのことで」

アスワド様の顔が変わる。視線で、どういうことだ、と訴《うった》えかけてきた。

私は内心にやりと笑った。やはり食いついた。

「ここではなく、向こうで話しましょう」

外に出ることを促《うなが》すと、心配そうな顔をしているアリアと目が合った。

——大丈夫。少し発破《はっぱ》をかけるだけよ。後でちゃんと事情は説明するから。

私は心の中でそう呟きながらアリアにウィンクをして、アスワド様と共に廊下《ろうか》へ出た。

「アリアについての相談って」

「ズバリ聞きます。アスワド様、アリアのこと好きですよね？」

もはや確認《かくにん》するまでもない事実だが、バレていないと思っていたらしいアスワド様はビクッと肩を揺らした。

「え⁉　えっと、その！」

「隠さなくていいんですよ。アスワド様とアリアはとてもお似合いだと思います」

「そうでしょうか……」

アスワド様は途端《とたん》に眉尻《まゆじり》を下げた。

「どうして、そんなに自信がないのです？　アリアが心を許しているのは貴方だけですよ」

「……アリアはとても美しいですし、他者を魅了《みりょう》するほど天真爛漫《てんしんらんまん》です。見た目も中身も素敵な彼女が、無骨な自分と釣《つ》り合うとは思えません」

思った以上に神格化されているアリアに、私は内心笑い出しそうだった。アスワド様から見たアリアは、天使のように見えているに違いない。

「私は、アスワド様こそアリアに相応《ふさわ》しいと思います。だけど、最近、アリアに思いを寄せる方が現れたのです」

「えっ⁉」

アスワド様は想像もしていなかったのか、目を大きく見開いた。

別に嘘《うそ》じゃない。ただアリアが全く他者に興味を示さなかっただけで。

「アリアは美少女ですからね、実は結構いたんですよ。今までは恐れ多くて近づきさえもしなかったのですが、この前、ついに話しかけられたのです」

これは嘘。今までそんな男性は一人もいない。

「そ、そんなことが……。牽制《けんせい》しているつもりだったのに」

「牽制？　いつまでそんな甘いことをおっしゃっているおつもりですか？」

「……」

「好きならばさっさと恋人にすれば良いのです。恋人にならない限り、アリアが他の男性を選ぶ可能性は十分にあります。牽制も幼馴染という称号《しょうごう》も、『恋人』の前では無駄《むだ》に終わるだけ」

恋人をわざと強調してアスワド様に告げる。

彼の目の色が変わり、効果があったようだとほくそ笑んだ。

「アスワド様、変化は一瞬ですが後悔《こうかい》は一生ですよ。アリアの心が手に入るうちに、どうか悔《く》いのない選択《せんたく》を」

「……ありがとうございます、ベルティーア様。俺の背中を押してくれて」

「アリアの騎士《きし》は貴方しかいないと思っておりますわ。私の大切な友人をよろしく頼みますね」

私がにっこり微笑むと、アスワド様は覚悟《かくご》を宿した瞳で頷いた。

生徒会の仕事はいつも日が傾《かたむ》いた頃《ころ》に終わる。特に帰る時間は指定されていないので、みんな自分の仕事が終わったら自由に寮に帰る。アリアとアスワド様が一緒に帰っていくのを見て、思わず笑みが溢れた。

「ベル、もう仕事は終わった？」

「はい。今日の分は終わりました」

「お疲れ様。じゃあ、帰ろうか」

ディラン様はにっこりと微笑み、私の手を取った。そしてそのまま生徒会室の扉を開けると、目の前にはあの秘密基地が広がっている。

「さ、行こう」

ディラン様の手に導かれるまま扉を潜《くぐ》ると、その扉は音もなく静かに閉じた。

相変わらずディラン様の空間移動の魔法は凄《すご》い。

「トランプがしたいんだよね？　用意しておいたよ」

「そういえば……ディラン様、トランプ持っていましたっけ？」

この世界にはトランプが存在しない。幼い頃、私がわざわざ職人に頼んで作ってもらったものしか、この世には存在しないはず。

ディラン様は少し困ったように視線を逸《そ》らし、テーブルの上に置かれたトランプを見る。

「実はこれ、俺が昔作ったやつなんだ」

「ディラン様が作った？」

「そう。ベルとトランプするのが楽しかったから、王宮でもしてみたくて。だけど、一人でするのは面白くなくてすぐに飽《あ》きちゃった」

「作らずとも、おっしゃってくだされば私のトランプを差し上げたのに」

そう言うと、彼は美しく笑った。

「あのトランプはさ、俺にとって宝物みたいなものなんだよね。ベルの家でしか使えない特別感っていうのかな？　ベルが持っていて、ベルのものだから価値があったんだよ」

ディラン様は素敵な思い出を語るかのように、丁寧《ていねい》に言葉を選びながら言った。

「だから似たものを作ってみたんだ。ベルの持ってるものに比べたら大したものじゃないけどね」

「そんなに貴重なものを作ったつもりはなかったのですが……」

「ベルにとってはね。俺にとっては特別だよってこと」

真似《まね》て作ったトランプも、秘密基地を模したこの空間も、彼にとっては特別なものなのだろう。そう聞くとちょっとくすぐったいような気持ちになる。

向かい合って座ると、ディラン様は器用にトランプをきった。

「すみません、今更《いまさら》ですけど、トランプって二人じゃなかなか楽しめないですよね……」

「そうかな？」

「そうですよ。ババ抜《ぬ》きなんて、二人でやったらどっちがジョーカーを持っているかが明白じゃないですか」

「ふふ、そうだね。それでも、俺は楽しかったけどな」

ディラン様はにこにこと笑って、私を見た。

「あのゲームの面白いところはどっちがジョーカーを持っているか分かったからって勝てないことだよね。最終的にジョーカーを手放した者が勝つゲームだから。その分相手の気持ちを読む楽しみがあると思ってたよ。それと何より……」

ディラン様はそこまで言って口を閉じた。

「何より、なんですか？」

「いや、なんでもないよ」

「気になるじゃないですか！」

テーブルの上にトランプを並べ始めたディラン様は苦笑《くしょう》しながら言った。

「あの頃の俺は子どもだったなと思って」

「私が悔しがっている顔を見るの、お好きでしたもんね」

「……分かってたの？」

私が頷くと、ディラン様は横を向いて手で顔を隠した。

「待って、すごい恥《は》ずかしいんだけど」

「そうですか？　私的には大変不本意でしたが、ディラン様がとても楽しそうだったので気にしていませんよ」

「いや、なんか……子どもっぽいじゃん」

「子どもですからね」

「かっこわるいよ……」

今だって、私が恥ずかしがるところとか、不機嫌《ふきげん》になった顔とか好きなくせに。そう思ったけど、さすがにこれ以上追い詰《つ》めるのは可哀想なので黙っておいた。

「ところでディラン様、もしかして神経衰弱《すいじゃく》をするつもりですか？」

「そう。よく分かったね」

「負ける未来しか見えないのですが」

机に裏返しで並べられたトランプたち。丁寧に均等に並べられているところが、彼の几《き》帳面《ちょうめん》さを表している。

「絶対勝てないですって」

「そう言うと思ったから、俺は目を瞑《つぶ》ってするよ」

「……え？」

今とんでもない言葉が聞こえたが、気のせいだろうか。

「俺が目を瞑って、右から何番目、上から何番目のカードって言うから、そのカードをべルが捲《めく》ってね。ちょっと手間だけど、その方が面白そうじゃない？」

「ほ、本当にいいんですか？　私、勝っちゃいますよ」

「いいね、その自信。俄然《がぜん》燃えてくるよ」

ディラン様は好戦的な瞳を光らせて、にやりと笑った。

今まで散々彼に負けてきたが、勝機が見えると私の負けず嫌《ぎら》いがむくむくと頭をもたげてくる。目を瞑った勝負なら、初めてディラン様に勝てるかもしれない。

「じゃあ、罰《ばつ》ゲームありにしましょう」

「へぇ。そんなに強気でいいの？」

「はい。ただし、条件が一つ。カードを指定する時の上下左右は私視点のものとします」

「……ベルの方から見て、上下左右ってこと？」

「そうです。ディラン様から見たら反転していることになりますね」

「いい条件だね。その罰ゲームは一体どういうものなのか聞いてもいい？」

肝心《かんじん》の罰ゲームの内容を考えていなかった私はしばらくうーん、と頭を捻った。

現時点で勝つ気しかしなかった私は、せっかくなら大きく賭《か》けたいと自分の首を締める発言をしてしまう。

「勝った人の言うことを絶対に一つ聞くというのはどうでしょう？」

ディラン様は一瞬驚いたように目を見開いたが、みるみるうちに邪悪《じゃあく》な笑みを浮かべた。

あれ？　これもしかしてまずいやつ？

「いいよ。その内容で、勝負しよう」

綺麗《きれい》に並べられたトランプは、バラバラに配置されているものよりもずっと覚えやすい。相手はカードの位置が見えておらず、暗記には私の方が有利なはずだった。

——結果は完敗。

最初はとても調子が良かったのに、ディラン様がどんどん追い越《こ》してきた。途中《とちゅう》、連続で当てられたのが良くなかった。気が付いたらあっという間に卓上《たくじょう》のトランプがなくなっていた。

「ま、負けました……」

ディラン様の脳内はどうなっているのだろうか。意味が分からない。

ディラン様がゆっくり瞼を開けると、美しい青色の宝石が煌めく。その宝石が、私を見た。

「俺の勝ちだね」

とても愉快《ゆかい》そうな、弾《はず》んだ声だ。昔から変わっていない。さっきまで子どもっぽいとか言って恥ずかしがっていたくせに。

「私、悔しそうな顔してます？」

「うん、とっても。可愛いよ」

「別に可愛くないですよ！」

「いいや、可愛い。俺を見てくれてるんだなって思える」

「ディラン様のことはいつも見ているつもりですけど……？」

「悔しいって感情は、執着《しゅうちゃく》に似てるから好きってことだよ」

彼の言いたいことが分かった気がして顔が引き攣《つ》る。ディラン様は時々こういう恐ろしいことをさらっと言ってしまうのだ。

「罰ゲーム、何にしようかな」

そうだ。罰ゲームがあったんだった。

罰ゲームの存在を思い出すと同時に、自分がそれを提案したことに心底後悔の念が湧《わ》いてくる。

どうして勝った人の言うことを聞くなんて無謀《むぼう》なことを言ってしまったんだ！

心の中で過去の自分に恨《うら》み言《ごと》を呟いていると、そっと手を握られ、意識を引き戻された。

私の手を握ったディラン様の綺麗な澄《す》み切った青が、私を射抜《いぬ》く。

その真剣《しんけん》な眼差《まなざ》しにじわりと汗をかいた。

「ディ、ディラン様……？」

「ベル、俺に隠していることはない？　悩んでることは？」

思わぬ質問に、私は固まる。

急にどうしたのだろう。

「ありませんけど……どうしてそんなこと聞くんです？」

「隠し事って言い方が悪かったかも。他の男に触れられてたよね？」

「男……？」

全く思い当たる節《ふし》がなくて、私は首を傾げた。

私と関わる男性なんて限られているし、ディラン様の知らない人と話した記憶もない。

勘違《かんちが》いされる要素があったかと、最近の記憶を思い返してみるが、何も思い当たらなかった。

「すみません……。本当に分からないです。何がディラン様を不安にさせてしまったのでしょう？　教えていただけますか？」

しばらく沈黙《ちんもく》が流れた。

想像以上に怒《おこ》っているのかしら？　と思ったらディラン様が私の頬を撫でた。

「──グラディウス」

「グラディウス様……？　あっ」

もしかして、あの昼休みの時のことを言っているのだろうか。

跪《ひざまず》かれた時の様子を見られていたのなら、確かに疑われても仕方がない。

「あれは、お昼休みに仕事の話をしていたんです。……あとは、ミラ様のこととか」

「それで、頬に触れるの？」

しっかり見ていらっしゃる。

私は改めて、とんでもないところを見られてしまったと思った。

「頬に触れられたのは……どうしてだかよく分かりません。急にグラディウス様が」

「好きなんだよ」

ディラン様は私の言葉を遮《さえぎ》り、きっぱりと言う。

「ベルのこと、好きなんだ。だから触《さわ》ったりするんだよ」

「それはさすがに考えすぎじゃないですか？」と言いそうになって、口を閉じた。ディラン様の顔があまりにも悲しそうだったから。

「そ、れは……ないと思いますけど」

「好きじゃなかったら、あんな触り方しない」

ディラン様は立ち上がり、私の側に来ると強く抱きしめて小さく呟いた。

「俺のなのに。誰にも触れられたくないのに」

きゅうっと胸が締め付けられた。

そんな風に思ってくれたのか、という喜びが半分、どう言えば彼を安心させられるだろうという思いが半分。ディラン様が悲しんでいるのに私が喜ぶわけにはいかないと気を取り直して、彼を抱きしめる腕に力を込めた。

「私は、ディラン様が大好きですし、貴方しか見ていませんよ」

ディラン様が息を呑《の》んだ。心から思ったことを言っただけだけど、この言葉で合っていたかしら?

「それと、アスワドとも何か話してたでしょ。あんなに近い距離《きょり》で……」

「あれは、アリアのことを相談しただけです。二人が中々くっつかないので少し刺激《しげき》が必要かと思いまして……。疑わしいことをしてすみません」

不安になって恐る恐るディラン様の顔を見ると、さっきとは違い、彼は穏《おだ》やかな表情を浮かべていた。

「……ごめん。かっこわるいことしちゃったね」

ディラン様は目を伏せて、自嘲《じちょう》した。

「かっこわるいなんて思っていませんよ。ディラン様もそういうこと思ってくれるんだなって、すごく嬉しかったです」

ディラン様は目を見開いてから、柔らかく微笑んだ。

「ベルは優しいいね。ありがとう」

彼は笑みを浮かべたまま、私の頬に手を添《そ》えた。

「じゃあ、罰ゲームで、キスしてもらおうかな。ここに」

ディラン様はここ、と言いながら自分の唇を指さした。

「‼　そ、そんなの罰ゲームじゃないです」

「ふぅん。じゃあ別のにする？」

ディラン様の意地悪い笑みを見て、ようやく理解した。彼は、私の恥ずかしがる顔が見たいのだ。確かにそれなら罰ゲーム！

「……目、閉じてもらえますか？」

せめてもと告げるとディラン様は大人しく目を閉じてくれた。長いまつ毛と毛穴一つない陶器のような肌《はだ》が美しい。改めてキスをすると思うと、とてつもなく恥ずかしくなった。

早鐘《はやがね》を打つ心臓を宥《なだ》めながらディラン様の肩に手を置き、そっと唇に軽くキスをする。

しかし、すぐうなじに手が添えられ、ぬるいキスを咎《とが》めるような、深い口づけをされた。

「んぅっ！　きゅ、急に……！」

「ベル、罰ゲームなんだから恥ずかしくてもちゃんとしないと。俺が教えたキスはそんな小鳥みたいなものじゃなかったと思うけど？」

顔を真っ赤にして涙目になる私を見て、ディラン様はふっと息を吐くように笑う。

「分かった？」

「は、はい……」

「ふふ、いい子だね。じゃあ、もう一回してくれる？」

甘ったるく囁かれたおねだりに、私は屈服《くっぷく》するほかなかった。


今日はオーディション当日。放課後、ホールを貸し切ってエントリーしてくれた生徒を順番に呼び、演奏してもらう。オーディションは数週間にわたって開催《かいさい》される予定だ。

「生徒数が尋常《じんじょう》じゃないですね」

「そうだな。でもまぁ毎年こんなもんだ。一人一人の演奏を聴《き》くのは中々大変だが、頑張ろう」

グラディウスは口角を少しだけ上げて、ほんのり笑った。

最近、彼がこうして笑うことが増えた。笑みというには少々表情が乏《とぼ》しいが、微笑《びしょう》を浮かべていることは分かる。ただ本人は無自覚なようで、自分が笑っていることにすら気付いていないようだった。

グラディウスは「俺はいつも笑顔だが？」とのたまっていたが流石《さすが》にそれはない。

「音楽祭のプログラムは午前の部が演奏枠《わく》で午後の部が声楽枠だ。気を引き締めて取りかかるぞ」

「はい！　頑張ります」

大量にある生徒たちの資料を見て、私は大きく気合を入れた。


演奏は、どれも魅力的《みりょくてき》だった。やはり教養が高いためか、みんな人並み以上にこなしている。その中でも抜きん出て目立っていたのが、アリアだった。

ゲームの名前が『君と奏《かな》でる交声曲《カンタータ》』というくらいだから、ヒロインであるアリアは音楽の才能を持った少女として設定されている。恵《めぐ》まれたその才能を生かして、攻略《こうりゃく》対象者たちを虜《とりこ》にしていく、というストーリーだ。

ゲームでヒロインの声は設定されていなかったし、彼女の演奏も音符《おんぷ》の絵文字でしか表現されていなかった。才能などと言われても、音楽に縁《えん》のなかった私にとっては想像の域を出なかったのである。

——しかし、彼女はあまりにも、圧倒的《あっとうてき》だった。

目の前でアリアの演奏を聴くと私は息もできなくなった。隣にいたグラディウスも同じだったようで、驚いたように息を呑んでいる。

素人《しろうと》でも分かる。これは、人の心を揺さぶる音だ。

アリアの演奏が終わると、思わず拍手《はくしゅ》をしていた。二人だけなのが勿体《もったい》ないほど、素晴《すば》らしかったのだ。

アリアは得意げに踏《ふ》ん反《ぞ》り返っていたが、私たちを見てギョッとしたように目を剝《む》く。

「二人ともなんで泣いてるの？」

アリアから言われて、ようやく自分が泣いていることに気が付いた。演奏に夢中で全く気付かなかった。

「グラディウス様まで……」

「こんなことは初めてだ」

「アリアの演奏に感動しすぎたのかも。とても素晴らしかったわ。ありがとう」

涙を拭《ふ》きながらアリアに言うと、彼女はしばらく考え込むように自分の手のひらを見つめていた。しかし、すぐに顔を上げるとにっこり微笑《ほほえ》む。

「満足してもらえたみたいで良かった！　ちゃんと合格させてよね」

アリアは元気に言ってから、ホールを後にする。

「アリアの奏でる音を聴くと、すごく胸がポカポカして温かい気持ちになりますね」

「胸が、ポカポカ……」

グラディウスは不思議そうに胸に手を当てて首を傾げる。

「うん。確かに、幸せな気持ちだ」

彼はそう言って、ほんのりと微笑んだ。

オーディションを始めてから、約一週間で演奏枠の合格者が決まった。彼らにはその旨《むね》の連絡《れんらく》をし、すぐに声楽枠のオーディションを行う。

もちろんみな上手だが、アリアほど圧倒的な人物はオーディション最終日まで現れなかった。

「今日の三人で最後ですね」

「そうだな」

グラディウスは資料を見て、誰を合格させるか選んでいるようだった。

「次の方、お入りください」

私が入り口に出て声をかけると、扉の前にはとても小柄《こがら》な少女がいた。この世界では珍しい真っ黒な髪《かみ》をしている。

少女はチラリと私の方を見て、軽く会釈《えしゃく》をしてからステージに登っていく。瞳は美しいスカイブルーだ。

審査席に戻り、彼女の資料を見ると同じ学年であることが分かった。同い年には見えなかったのに……。大きなステージに立つと彼女の小ささが際立《きわだ》って見える。

名前は――クララ・シルヴェスト。シルヴェスト？　聞いたことのない貴族の名だ。地方の出だろうか。

「いつ始めてもらっても構わない」

グラディウスの声が、ホールに響く。

クララはツヤツヤとした長い黒髪を指に巻きつけながら、頷いた。彼女の瞳、とても綺麗なのに光が入っていないようにも見えて少しゾッとする。

クララは口を開け、大きく息を吸った。

「――!!」

透《す》き通るような、美しい高音と小柄な体から出ているとは思えない声量。

ガツンッと脳を揺さぶられるようだ。

アリアの温かな演奏とは違う、肌が粟立《あわだ》つほどの迫力《はくりょく》。

こちらにぶつかってくるような圧倒的な高音を聞いているうちに、次第《しだい》に頭がふわふわとしてくる。あれ、どうしてだろう。この声、すごく心地《ここち》よい。

リィンと、耳の奥で鈴《すず》の音が聞こえた。

「ありがとうございました」

歌い終わり挨拶《あいさつ》をするクララの声は、さっきの声量からは想像できないほど小さい。

クララの歌声に茫然《ぼうぜん》となっていた私たちが意識を取り戻したのは、クララが外に出て扉を閉めた音を聞いた時だった。

「……なんか、すごかったですね」

「あぁ……上手く言葉に表せないが、すごかった」

二人とも語彙力《ごいりょく》を失ったまま、クララの資料に合格の判子《はんこ》を押した。

驚きと感動に包まれたオーディションは、こうして幕を閉じたのだった。


無事に声楽枠のオーディションが終わり、一通りの仕事が終わったのは日が落ちかけた夕方だった。

寮に帰ろうとしたところで、後ろから「ベルちゃん」と声をかけられる。

私をベルちゃんと呼ぶのは、同じクラスのラプラスしかいない。彼はここ最近ずっと学校を欠席していたので風邪《かぜ》でも引いたのかと思っていたが、元気そうで安心した。

私は後ろを振り返り、驚愕《きょうがく》に目を見開く。言動も彼の声もラプラスそのものだったのに、彼の見た目が私の知る彼と違いすぎたからだ。

「久しぶり。元気だった？」

ラプラスは飴《あめ》を持っていない方の手をヒラヒラと振る。その後ろには、先ほどの少女——クララもいた。

「……ラプラス、なの？」

「なぁに、ベルちゃん。幽霊《ゆうれい》でも見たような顔をして。ちょっと身長が伸《の》びて、制服をちゃんと着ただけで、そんなに別人に見える？」

ラプラスは、おかしそうにクスクス笑った。

彼、ラプラス・ブアメードは私と同じクラスの隣の席の男の子だ。魔法研究の特待生としてこの学園に在籍《ざいせき》している。

彼は前まで小柄な体格で、いつも大きめのくたびれた白衣を着ていた。学園で常時棒付きキャンディーを持ち歩いている、変わった人物だ。

そんな彼は、決してこんな色気のある雰囲気《ふんいき》ではなかったように思う。私の記憶では。

本人の言う通り、別人と見間違えたほどだ。

特徴的《とくちょうてき》な四角の眼鏡はないし、白衣も着ていない。着崩《きくず》していた制服はしっかりと彼のサイズに仕立て直されたようだった。

「一瞬、誰だか分からなかったわ」

「ふふ、まぁね。ちゃんとしたら、僕だって結構かっこいいんだよ？」

ラプラスは私に近づき、にっこりと笑った。目の前に立たれるとかなり背が伸びていることに気付く。

いきなり身長って伸びるものかしら……。あぁ、猫背《ねこぜ》だったから、小さく見えていたのか。

窺《うかが》うようにラプラスを見上げると、彼はやはり笑顔のままで、どこか胡散臭《うさんくさ》さを感じる。前の方がまだ愛嬌《あいきょう》があった。

「ベルちゃん、クララの歌、すごかったでしょう?」

ラプラスがクララを手招きすると、彼女は素直にラプラスの隣に立った。光のないクララの青い瞳が、私を見つめる。

「えぇ。とっても素敵だったわ」

「そうだよね。脳みそがびっくりしちゃったんじゃない?」

彼は突然《とつぜん》、私の頭を撫でてきた。驚いて避《さ》けるように後ろに飛び退《の》く。

「な、何するの」

「んー、おまじない」

ラプラスは楽しそうに言って、紫色《むらさきいろ》の飴を口の中に入れた。そしてすぐに噛み砕《くだ》く。

グラディウスだけでなく、ラプラスにまで触られてしまった。私って自分で思っているより危機管理できていないのかも……。

これ以上余計なことにならないよう、ラプラスから距離を取るように後ろに下がる。

「ラプラスの考えてることってよく分からないわよね」

「もう僕のことララって呼んでくれないの?」

「ララって雰囲気じゃないもの。今の貴方」

私の言葉に彼はキョトンとした顔をして、「あは、そうかも」と朗《ほが》らかに笑った。

「でも、酷いなぁ。考えてることが分からないって。僕のこと変人扱《あつか》いしてる?」

「だって、いきなりディラン様の話をしてきたり、急に触れてきたり、距離の詰め方が普《ふ》通《つう》じゃないわ」

「そう言われたら確かに」

ラプラスは上機嫌な声で、明るく言った。しかし、すぐに真顔になる。

いきなり笑顔が消えたラプラスに、私はビクリと肩を震わせた。この人の、こういう読めないところが苦手なんだけど。

「本当はさぁ、ベルちゃんとディランを引き離すのが一番かなぁって思ってたんだ。だって、君がいると彼は生《せい》を諦《あきら》めないし、何より君の精神は常人より強いからね。色々面《めん》倒《どう》だと思って」

「……は？」

何を言っているのだ彼は。生を諦めないってなんだ。精神が強いって？

一体なんの話をしているの。

「僕、待つのが嫌いだから、手っ取り早くディランから君を奪《うば》えば良いかなーって考えてたんだけどそれじゃあ駄《だ》目《め》だったから、仕方なく気長に構えることにしたよ」

やばいかもしれない、と直感で思った。

ずっと、ラプラスのことを変な子だとは思っていたけど、今は何を考えているのか分からないから、不気味で怖い。

ディラン様のことを呼び捨てにするし、引き離すとか奪うとか、よく分からないことを言っている。

逃げなきゃ、と思った。踵《きびす》を返して全速力で廊下を走る。

女子寮に行けば、ラプラスは入ってこられないはず、だから。

「逃げても無駄だよ、ベルちゃん」

階段の側に、先回りしたようにラプラスがいた。

なんで。さっきまで私の後ろにいたはずなのに。慌《あわ》てて後ろを振り返るとクララがゆっくりと歩きながらこちらに近づいて来ていた。

クララは小さいから、私が押し退ければ逃げられる。でも、もしそれで彼女が怪我をしたら。

その一瞬の躊躇《ちゅうちょ》が命取りだった。気が付けば、ラプラスに顎《あご》を掬われ上を向かされていた。

何が起きたか分からなかった。予備動作が一切《いっさい》なかったのだ。まるで瞬間《しゅんかん》移動をしてきたみたいに――。

ラプラスと目が合う。彼の瞳は、昏《くら》い表情を見せる時のディラン様によく似ていた。

「少し苦しいかもしれないけど、我慢《がまん》してね。君の魂《たましい》は好きだから、全部終わったら、君にも側にいてもらうよ」

ラプラスは怪《あや》しく笑った。瞳の奥に揺らめく邪悪さに、背筋が凍《こお》る。

何か言い返したいのに、口が開閉するだけで音にはならなかった。

「やっぱ君、すごいよ。これで失神しないいんだから大《たい》したもんだ。ますます好きになっちゃう。強いのは転生した魂だからかな？」

「えっ」

どうして、それを。

そう聞く前に、彼の手のひらで目を覆われる。真っ暗になった視界に、ラプラスの低い声が響いた。

「ベルティーア、今のことはすべて忘れなさい」

リィンッと脳内で鈴の音が響く。

――あれ？

目の前には数週間休んでいたはずのラプラスがいて、彼は草臥《くたび》れた白衣のポケットに手を突っ込んでニコニコ笑っていた。眼鏡の奥から覗く瞳がゆっくりと細められた。

「じゃあね、ベルちゃん。明日からはちゃんと学校行くから、休んだ分の勉強教えてね」

ラプラスは手を振りながら私に背を向け去って行く。

――私、何してたんだっけ？　ラプラスと何か話していた気がするけど……。

さっきより陽が落ちている。暗くなった廊下に、ラプラスの靴《くつ》の音が反響《はんきょう》していた。

「さようなら」

クララはこちらをじっと見て、短く挨拶をするとラプラスの元へ駆《か》け寄《よ》っていった。

頭にモヤがかかったような不快感を覚えたが、その正体が私には分からなかった。


夜中、机に散らばったガラス片《へん》を眺めながら、扉の前の気配に声をかける。

音もなく開いた扉の向こうから現れたのは、側近のシュヴァルツ。暗闇に光る彼の赤い瞳がランタンの火を反射していた。

「夜分遅《おそ》くに申し訳ありません」

「問題ない。それで？　何か分かったか」

シュヴァルツはバツが悪そうに目を伏せた。

「申し訳ございません。ミラ様は用心深く、周りの者には多くを語らなかったようです。彼女の動向を詳《くわ》しく知っている人はいませんでした」

「……こっちの線もだめか」

「ただ、一つ気になることが。ミラ様は学園に来て以来〝愛し子〟を側から離すことはなかったようですが、一度だけお一人で行動されたことがあるらしいです」

ミラは身体が弱いため、いつ倒れても助けが来るように身辺に必ず従者を置いていた。たとえ一人でいるように見えても、陰《かげ》で見守っている誰かがいたはず。彼女はそういう用心を怠《おこた》らない人間だ。

「長時間一人でいたのはそれが初めてだったと」

「どこに行ったかは分かるか？」

「いえ。ただの用事だったとミラ様がおっしゃったため、深くは言及《げんきゅう》しなかったようです。それと、一人で行動した日を境に、鈴の音が聞こえるようになったとか」

「――鈴の音？」

確かに俺も聞いた。

ミラとダンスを踊《おど》った時に鳴った、耳障《みみざわ》りな腕輪《うでわ》の音。あれだ。俺は耳鳴りとしか思わなかったが、鈴の音と言われても頷ける。

机の上にあるガラス片を一つ手に取った。これは、先日王宮から持ってきたミラの腕輪の一部だ。

ミラの腕輪は、事件後すぐに壊《こわ》れて粉々になった。こんな残骸《ざんがい》では魔法の痕跡《こんせき》すら見ることができないが、腕輪に刻まれた魔法陣《まほうじん》ならなんとなく分かる。複雑すぎて解読はできないが、これが魔法道具である証拠としては十分なものだ。

本来、学園の外へ出る場合は生徒会へ外出届を出す必要があるのだが、ミラからの届けはこれまで一度も出されてない。

つまり、ミラが一人で行動したその日、彼女はこの腕輪を〝学園内で〟受け取ったということだ。

「ディラン様の方はいかがでしたか？」

「魔法のかかった部屋をいくつか調べてきたが、変わった点はなかった。学園長が魔力持ちなら魔力を持った人間のみが操作できる部屋を使うと思ったんだがな。早合点《はやがてん》だったようだ」

そもそも、魔力を持つ人間なら、身の周りに三人もいる。国王、王太子、そして王女。その内の誰か、もしくは全員が俺の暗殺を企《たくら》んでいると考えた方が自然だ。

『俺が学園にいる間に殺すため、学園長とミラを使って陥《おとしい》れようとした』とか。

魔力を持った人間が三人も集まれば、この高度な魔法道具も生み出せるのかもしれない。

俺は背もたれに身体を預け、長いため息をついた。

「ところでディラン様。最近、よく部屋が乱れていますね。あまり、体調が芳《かんば》しくないのでは？　見たところ、熱もあるようです」

「……なんで見ただけで分かるんだよ」

揶揄《からか》うように鼻で笑ったが、シュヴァルツは無表情のままじっと俺を見た。

「ディラン様のお心の変化は、魔法で管理された自室によく現れます。お怒りの時は荒《あ》れていますし、悲しまれている時はランタンの炎《ほのお》が灯《とも》りません」

「昔からの癖《くせ》が仇《あだ》になってるね。俺もいい加減魔力の調整をできるようにしないと」

「いいえ。年々、感情が魔法に現れることは減りました。しかしそれが、ここ最近になって乱れているご様子。ご無理をされているのではないですか？」

「してない。体内に残る精神魔法がうざったいだけだ」

「その精神魔法、本当にこのまま放っておいて良いのでしょうか？　ディラン様の魔力で相殺《そうさい》されていないから今も苦しまれているのでは」

「……」

「貴方はとても強く尊い方です。しかし、死ぬというのは何も肉体だけではないのですよ。精神だって、すり減れば取り返しが――」

「シュヴァルツ」

鋭く名前を呼ぶと、シュヴァルツはビクリと肩を震わせた。

「その話は終《しま》いだ。俺は問題ない」

「……承知いたしました」

シュヴァルツは諦めたように肩を落とし、恭《うやうや》しく頭を下げた。

「あと、これ」

机の引き出しから取り出した宝石のようなものを、シュヴァルツに投げて渡す。受け取ったシュヴァルツは、不思議そうにその石を見た。

「これは……？」

「小型爆弾《ばくだん》。これから先、なんらかの企みで魔法勝負になったらお前に勝ち目はないだろうから、渡しておく。危ないと思ったらすぐに使え。ピンを引いたら爆発《ばくはつ》する。人が多いとこはやめておけよ。巻き込むからな」

自分で戦った方が早いので作ったことすら忘れていたが、こんなところで役に立つとは。

シュヴァルツは爆弾を眺めると、倒れ込むように膝をついた。

目はキラキラと輝き、頬は紅色に染まっている。神に跪く神父のように手の中にある魔法道具を胸に当て、恍惚《こうこつ》とした笑みを浮かべた。

「一生大切にします。我が主」

いや、使わないと意味がないんだが。

オブジェになるなら、それはそれで平和な証拠なのだろうか？

下から眺めてくるシュヴァルツを見つめ返し、とりあえず頷いておいた。

ランタンの火を消し、寝台《しんだい》に潜り込む。

ズクズクと疼《うず》く心臓を、押さえ込むように深呼吸をした。シュヴァルツの奴、意外と鋭い。

精神魔法は、非常に不可解な魔法だ。負の感情を抱けば抱くほど大きくなるが、精神状態が良くなると途端に鳴りを潜める。

俺のベルへの執着を食い、さらに膨《ふく》れ上がっていく寄生虫のような精神魔法を、今度は自己防衛のために自分の魔力が過剰《かじょう》に押さえつける。魔力が多すぎるゆえの弊害《へいがい》。まさに負のループ。

あの日——グラディウスがベルに触れたのを見た時、胸《むね》の奥が焼けるような嫉妬を味わった。今まで独占欲を隠せなかったことは幾度《いくど》となくあったが、比にならない激情だった。

他の男がベルの頬に触れたあの瞬間から、ずっと蓋《ふた》をして必死に覆い隠してきた俺の醜《みにく》い本性《ほんしょう》が、どろどろと零《こぼ》れてきている。

ベルを怖がらせないように、彼女が大空の下で自由に笑って過ごせるように——そう思って、素敵な王子様を装《よそお》い自分すらも誤魔化《ごまか》してきた。

『ベルが幸せならそれでいい？　本当に、そんなこと思ってる？』

思ってるよ。

『ベルが幸せなら他の男を選んでもいいの？』

だから、そうならないように、ベルの望む男性を演じているんじゃないか。

『——偽物《にせもの》なのに？』

『嫉妬や執着を隠し、偽《いつわ》りの自分を演じて綺麗な部分だけをベルに見せる。──本当にそれでベルがお前を好いてくれると思っているのか？』

『そんな紛《まが》い物を、ベルは愛してくれないよ』

頭に響く声は、どんどん大きくなり精神を侵《おか》していく。

誰かに囁かれているのか、自問自答しているのかすらも分からない。ただ、ベルが離れていく恐怖《きょうふ》と泥《どろ》のような独占欲に、心臓が抉《えぐ》られていくようだった。

『そうそう。今日もアスワドと楽しそうに話していたよね』

生徒会室で内緒話《ないしょばなし》をするかのように顔を寄せていた二人の姿が脳裏に甦《よみがえ》り、胸がざわつく。触れるほどではなかったにせよ、あれも距離が近かった。

今思い出しても苛立《いらだ》つほどに。

『──やっぱり、ああいう根っから優しい奴の方が良いんじゃない？』

うん、そうかもね。

毎夜見る夢で、ベルは必ず違う男の話をする。優しくて、かっこよくて偽物じゃない奴の話。最初は頷いていた俺も段々と我慢できなくなり、最後はベルを閉じ込めようと暴挙に出るのだ。夢はいつもそこで終わる。

──夢の続きの俺たちは、どんな風になっているのだろう。

ベルに好かれることはなくとも、死ぬまで彼女の隣にいられたら、それ以上の幸福はないのに。

第三章 ✕ 堕落と情愛

薔薇《ばら》が咲《さ》き乱《みだ》れる、美しい場所にいた。

そこは、私たちが幼い頃《ころ》遊んでいた秘密基地によく似ている。

なぜ自分がここにいるのかと首を傾《かし》げたが、その疑問はすぐに吹《ふ》き飛んだ。ディラン様が、暗い表情で椅子《いす》に座っていたからだ。

どんよりとした空気を醸《かも》し出す彼に近づいて、同じように私も向かい側に座る。

彼は俯《うつむ》いたまま、私を見ようとしない。

「どうしたんです、そんなこの世の終わりみたいな顔をして」

私は努めて明るく声をかけた。だけどディラン様はじっと黙《だま》ったまま、何も言わない。

珍《めずら》しい、と思った。彼がこうやって塞《ふさ》ぎ込むような表情をすることは稀《まれ》にあるが、尋《たず》ねれば必ず何かしら返答はしてくれる。今みたいに無反応なことはあまりない。

私は椅子をディラン様の方に近づけて、ぴったりと隣《となり》に座った。体が触《ふ》れるように、そっと側《そば》に寄る。

「ディラン様？　私には話しにくいことですか？」

沈黙《ちんもく》。やっぱり彼は何も言わない。

数分の間を置いて、ディラン様がゆっくりと口を開く。

「俺、ベルのこと、好きじゃないかも」

「えっ？」

間抜《まぬ》けな声が出た。と同時に、彼の言葉が心にグサッと突《つ》き刺《さ》さった。

「ど、どうしたんですか、急に。どうしてそう思ったんです？」

情けなくも声は震《ふる》えていたが、聞きたいことは聞けた。ディラン様は、うーん、と唸《うな》るような声を出す。

私は何を言われるのかと内心ヒヤヒヤしていた。

「……ベルとはずっと昔からいたし、婚約者《こんやくしゃ》だったから、好きになるのは当然だと今まで疑問にも思っていなかった。けど、学園に入ってから、どうしてベルだったんだろうって思うようになって」

「……」

「好きだけど……。好きなはず、なんだけど」

「……なるほど」

いや、なるほどってなんだ。

自分の返答にツッコミを入れながら、私は悲しくなって、俯いた。

好きなはず、と自分に言い聞かせるように言うディラン様の様子に、冷めちゃったのかなと思う以上に、その理由に納得《なっとく》できてしまう部分もあったからだ。

確かに、私とディラン様は昔から一緒《いっしょ》にいた。王宮で孤独《こどく》な生活を送る彼の世界には、私しかいなかった。

でも、学園に入って、いろんな人と出会って世界が広がるのは当然である。むしろ、幼い頃から婚約者が決まっていることの方がおかしいのだ。王族だから早めに婚約者が決まるだけで、普通《ふつう》の貴族はもう少し猶予《ゆうよ》がある。

彼が、私以外の人と関わることで成長した結果なら、私はそれを受け入れるべきなのかもしれない。理性では、そう考えられるのだけど……。

長い沈黙が流れた。一息《ひといき》吐いて、私は素直《すなお》な今の思いを口にする。

「分かりました」

「えっ……」

「ディラン様が私を好きか分からなくても、私はディラン様のこと、大好きです」

ディラン様はポカンと口を開け、驚《おどろ》いた表情で私を見た。

「それだけは、忘れないでくださいね」

「俺がっ！」

ディラン様が立ち上がる。苦しそうな声だった。

「俺が好きじゃないって言ったのに、ベルはどうしてそんな平気な顔をしていられるの？」

「は？　平気じゃないですけど？」

少しムカついたので語気を強くして言うと、ディラン様は狼狽《うろた》えたように視線を彷徨《さまよ》わせた。

さっきから思っていたけど、今日のディラン様すごく不自然だ。

私のことを好きじゃないかもとか、ずっと黙っていたりとか。いや、私のこと好きじゃないのは本心で、上手《うま》く言葉を伝えられないだけかもしれないけれど、それにしたって言い方ってものがある。

不安で構ってほしいだけならまだ可愛《かわい》げがあるが、今の言い方だと私を傷つけたいがために言っているみたいだ。

「傷つきますよ、普通に。私だって人間ですもの。好きな人に好きじゃないって言われて平気な人なんていませんよ。それでも、ディラン様が好きだから、私の素直な気持ちを伝えただけです。平気そうにしているのは、強がっているからです」

「……君は、強いね」

彼は困ったように笑って眉《まゆ》を寄せた。

「全然悪い方に感情が向かない」

「……変ですね、ディラン様。今日、様子がおかしいですよ」

「そうかな？」

強い違和感《いわかん》を覚えた瞬間《しゅんかん》、空間がぐにゃりと曲がる。

それと同時に、コンセントが引っこ抜《ぬ》かれたみたいに、プツンっと意識が途切《とぎ》れた。

「あーあ。今夜も失敗しちゃった。まぁでも、多少は効果あるかな？　次はもう少し現実っぽい『夢』、持ってくるね」


生徒会の仕事が終わり、寮《りょう》に戻《もど》ってから部屋を片付けていると、突然《とつぜん》アリアが部屋に来た。

「一体どうし……」

「アズに告白されたの！」

「ええ!?　おめでとう！」

アリアは頬《ほお》を紅潮させ、嬉《うれ》しそうな顔で言った。彼女はいつものように、私のお気に入りのソファに座る。お茶を出して、向かいのお客様用の椅子に私が座った。

「早くこのことを伝えたくて、大急ぎで来たのよ！　ベル、本当にありがとう。あなたがアズに言ってくれたおかげよ！」

アリアは興奮冷めやらぬ様子でまくしたてる。幸せそうな親友のその表情にこちらまで嬉しくなってきて、もう一度祝福の言葉をかけた。

「お役に立てたようで嬉しいわ」

告白された時の様子などをワクワクしながら聞いていると、突然アリアが思い出したように声を上げた。

「そうそう、すっかり忘れてたんだけど、ゲームのことで進展があったからベルにも言っておこうと思って」

「進展？　アスワド様と付き合ったこと以外にあるの？」

「まぁ、それもそうなんだけど。もっと違《ちが》う話よ」

アリアは足を組み、何から話そうか思案するようにゆっくりと口を開いた。

「ベルはゲームの中でのヒロインの設定って覚えてる？」

「設定……？　えっと、甘そうな桃色《ももいろ》の髪《かみ》で金を溶《と》かしたような黄金の瞳《ひとみ》。万人《ばんにん》を魅了《みりょう》する音楽の才能に溢《あふ》れている」

「ゲーム公式プロフィール暗唱ありがとう。忘れがちだけど、私、とんでもなく音楽の才能があるのね。オーディションでも披露《ひろう》したと思うけど」

オーディションでのアリアの演奏を思い出す。私だけでなく、グラディウスまで泣いてしまうほど素晴《すば》らしい演奏だった。

あれは、確かに才能だ。プラータ家の養子でなくても、特待生として学園に入学できるほど。

「実は私、バイオリンだけでなく、楽器なら全般弾《ぜんぱんひ》けるし、歌唱力もなかなかのものなのよ。音楽に関することならなんだってできるの。それがヒロインの能力。そこまではもちろんゲームの設定通りなんだけど、この才能には一番重要な効果があって」

「一番重要な効果……？」

「ベルは黒魔法《くろまほう》って分かる？」

アリアの言葉に、首を傾げて横に振《ふ》った。聞いたことはないが、なんとなく悪そうな魔法だというのは分かる。

「黒魔法は、人の精神に干渉《かんしょう》する禁忌《きんき》の魔法——通称《つうしょう》、精神魔法とも呼ばれているの。王子ルートでは一度この魔法によって事件が起きるのよ。悪役令嬢《あくやくれいじょう》ベルティーアが精神魔法を使ってヒロインを操《あやつ》り、ヒロインと王子との関係に亀裂《きれつ》を入れようとするの。だけど、王子によってそれは阻止《そし》されて、精神魔法を使った代償《だいしょう》としてベルティーア自身の精神が侵《おか》されてしまう」

それはまるで、先日のミラ様のようではないか、と私はゾッと背筋を震わせた。

「そんなベルティーアに心を痛めたヒロインが、歌を歌うの。ヒロインは無自覚だったみたいだけど、その歌声のおかげで壊《こわ》れかけていたベルティーアの精神は元に戻り、王子もその歌声に胸を打たれる……みたいなストーリー。今気付いたけど、まるでミラの事件のようね」

話しながらアリアもミラ様のことを思い出したのか、苦虫を噛《か》み潰《つぶ》したような顔をする。

「じゃあ、アリアの歌声があれば、精神魔法に侵されたとしても心が元通りになるってこと……？」

「歌声と限らず、私の奏《かな》でる音楽全般、かな。一種のセラピーみたいなものじゃないかと思うのよね。音楽を聴《き》くとスッキリするとか、人によっては悩《なや》みが吹き飛んだり、歌詞に感情移入して涙《なみだ》が止まらなくなるとかあるでしょう？　あれと同じ」

つまり、アリアの音楽は精神魔法に対抗《たいこう》しうる効果を持つということか。

「精神魔法って、魔法よね？　ゲーム内とはいえ、どうして王族でもないベルティーアが魔法を使えたのかしら？」

「うーん、なぜかは分からないけど、そういう特殊《とくしゅ》な魔法道具があるらしいわ。いや、それは二次創作での設定だったっけ？　ストーリー内で伏線《ふくせん》か何かがあったと思うけど、そこまで細かくは覚えてないわ。王子との恋《こい》を攻略《こうりゃく》するのがメインだったから陰謀《いんぼう》とかどうでも良かったし」

――王子との恋を攻略……。

そこで思い浮《う》かんだのは、最近よく見る夢。

「……ちょっとそのことで聞きたいことがあるんだけど」

「そのこと？」

「ゲーム内での、ディラン様のこと」

私が言うと、アリアは驚いたように「えっ」と声を上げた。

「興味なさそうだったのに急にどうしたの？」

アリアの言う通り、今まで私はゲームのディラン様について積極的に知ろうとは思わなかった。ゲームのキャラクターとしてのディラン様ではなく、この世界で私が見たディラン様だけを信じればいいと思っていたから。

「ベルがゲームの王子について聞いてきたのは初めてね」

「実はね……最近、決まって嫌《いや》な夢を見るの。ディラン様に、もう好きじゃなくなったって言われる夢。夢の中の私はそれでも好きです、って突《つ》っぱねるんだけど、やっぱり傷つくし、眠《ねむ》りも浅くて。何か良くないことの前触《まえぶ》れだったら嫌だなって……」

私の相談に、アリアは難しい顔をしてかなりの間悩んでいたようだけれど、心を決めてくれた。

「このところ顔色悪かったのはそういうことだったのね。……分かった。ただ、一つだけ約束してほしいことがあるの。ゲーム情報を鵜呑《うの》みにして、王子から離《はな》れないでね。その約束が守れるなら、話すよ。聞かれたらなんでも答えるって前に言ったもの」

「それは大丈夫《だいじょうぶ》。ゲームと現実のディラン様は別人だわ。参考にするだけ」

「うん。ベルならそう言うと思ってたよ」

アリアはもう一度、「これから話すことはあくまでも『ゲームの中の話』って思って聞いてね」と釘《くぎ》を刺してから話し始めた。

「王子はね、いわゆるヤンデレ枠《わく》の攻略対象者なの」

「え、そうなの？」

「そう。だけど、彼の攻略はとっても難しくて、数多《あまた》あるルートのうち、彼と恋愛《れんあい》できるエンドは三つ。しかもすべてバッドエンド」

「恋愛しないなら、他のルートは何エンドなの？」

「いわゆる友情エンド……王子がヒロインに興味を持つだけで終わるシナリオよ。だから王子と恋愛したいなら、自ら修羅《しゅら》の道に進まないといけない」

バッドエンドにならないと恋愛できない乙女《おとめ》ゲームなんて聞いたことがない。アスワド様ルートは普通のシナリオだったのに。

「じゃあ、ディラン様と恋人《こいびと》である私はゲームだったらそのバッドエンドに近い状態ってこと？」

「そういうことになるわね」

「その三つのバッドエンドってどんな話なの？」

私が聞くと、アリアは急に押し黙った。私が急《せ》かすように名前を呼ぶと、アリアは恐《おそ》る恐《おそ》るといった様子で話を続ける。

「好感度によって変わるけど……一番ヤバいのが、ヒロインと両想《りょうおも》いになることによって、王子がヒロインを巻き込んで二人とも闇堕《やみお》ちするルート」

「闇堕ち？」

「分かりやすく言うなら、精神が病《や》んで誰《だれ》も救われずに終わる」

「ディラン様はヒロインと結ばれるんだから幸せなんじゃないの？」

「いいえ。幸せではないわ」

アリアはやけにはっきりと言った。

「バッドエンドのスチルは三枚あるけど、どのスチルでも王子は泣きそうな顔をしていた。幸せな人間は、あんな苦しそうな顔をしない。そもそも幸福っていうのは安定した精神のもとに初めて生まれるものよ」

「まぁ、そうだけど。ゲームの話でしょ？」

私がそう言うと、アリアはおかしそうに笑った。

「そうね。ゲームの話ね。ただ、この世界で王子が闇堕ちしたら、ベルまで闇堕ちするんじゃないかって、少し心配していたの」

「私からすればディラン様がヤンデレっていうのが信じられないわね。あんなに穏《おだ》やかで優《やさ》しい方なのに。すでにそこからゲームとは違うんじゃない？」

「……なるほど。実際にゲームの彼を見ていない人ってそういう感覚なのね」

アリアは引《ひ》き攣《つ》った表情を浮かべて、「心配した私が馬鹿だったみたい」と呟《つぶや》いた。

「それで？　参考にはなったかしら？」

「あんまり参考にはならなかったかも」

「いいことね」

あの優しい人が、愛する人と幸せになれない様子なんて全然思い浮かばない。……だけど、昔から度々《たびたび》感じていたディラン様の甘くも冷たい雰囲気《ふんいき》は、ゲームの彼に通ずる部分だったのかもしれない。

まぁ、それが分かったところで私の悪夢とは関係なさそうなので意味がないのだけれど。むしろゲーム内のディラン様が闇堕ちするほどヒロインを愛したという部分に苛立《いらだ》ちを覚えてしまって、逆効果だった。聞かなければ良かった。

机の上に置いてあるお菓子《かし》を楽しんでいたアリアは、それとね、と言葉を重ねる。

「王子ルートのことを話していて思い出したけど、確かこのゲーム、隠《かく》しキャラが配信予定だったはずよ。私たちが死んだ後のリリースだったから、見られなかったけど」

アリアがさらりと言った一言に、私は思い切り顔を上げた。

「隠しキャラ……？　なにそれ。そんなの知らないわ」

「アズ推《お》しのあなたは興味なかったんでしょ。覚えてないのも無理ないわ」

「その隠しキャラってどんな人なの？」

　私の質問に、アリアは考えるように目を伏《ふ》せる。

「立ち姿しか覚えてないけどいいかな？」

「ええ」

「確か、水色の髪で……背は結構高かった。一九〇センチって数字だけはやけに覚えてるのよね。高身長好きな私らしいでしょ。うーん、あとはなんとなく学者風の雰囲気だった……気がする。先生、みたいな」

　思い出せるまま、ポンポンと特徴《とくちょう》を挙げていくアリアに、私は脳内でその人物を思い描《えが》いてみる。隠しキャラと言っても、会ったことのある人間ではなさそうだ。あ、でも。

「水色の髪ってララみたいね」

「ララ？　そんな奴《やつ》いたっけ？」

「ほらあの、よく飴《あめ》舐《な》めてる子。私の隣の席の」

「あぁ、あいつか。でも攻略対象者って感じではなくない？　背も高くないし」

「貴女《あなた》は本当に長身が好きね。もしかしたら、その隠しキャラってララのお兄さんとかかもよ」

「ラプラスのことはどうでもいいけどさ、その隠しキャラって実は王子ルートですごく重要な人物らしくて。隠しキャラのルートは、王子ルートの分岐《ぶんき》で現れるんだって」

アリアはプレイできずに死んでしまったことが悔《くや》しいのか、久々にオタク特有の興奮した様子で隠しキャラについて話し始める。

「確か王子が闇堕ちしたら自動的に隠しキャラルートに切《き》り替《か》わるシナリオだったはず。王子に捕《と》らわれたヒロインを助け出してくれるとか。あー、私もやりたかったのにぃ」

「よく思い出せるわね。と言っても、ヒロインの貴女はアスワド様を選んだんだし、もう隠しキャラは出てこないんじゃない？」

「それもそうね」

ひとしきり騒《さわ》いで満足したのか、アリアは急に真面目な表情を浮かべた。

「色々言った後だけど、結局ゲームの内容がすべてってわけじゃないし、情報程度に受け取っておいてね。変にゲームの内容を意識したってどうしようもないわ。……あ、でも私の力については保証するわよ」

「力って、精神魔法に対抗できる音楽のこと？」

「そう。今まではただ奏でているだけだったの。けど、オーディションの日は違った。感情を揺《ゆ》さぶるような……こう、言葉では上手く表現できないんだけど、演奏に命が吹き込まれた感じっていうか。ベルもグラディウスも泣いてたから、やっぱりそうなのかなって」

――音に命が宿る。それが精神魔法を打《う》ち砕《くだ》く力ってことか。

「もう一回力を試《ため》してみていい？　バイオリンはないから、歌うことになるけど」

「いいわよ。私も聞きたい」

最初は控《ひか》えめに、小さく口ずさむように歌い始める。選曲は前世で流行《はや》っていた、恋人との別れの曲。

ヒロインの能力を使うのに選曲がそれでいいのかと思いながらも、心地《ここち》いい歌声に耳を傾《かたむ》けた。

「――っはぁ！　まだ一番しか歌ってないのに、なんかすっごい疲《つか》れるんだけど！　どう？　上手く力は使えてる？」

肩《かた》で息をし尋ねてくる彼女に、私はどう伝えたら良《い》いか頭を悩ませる。

「うーん。素敵《すてき》だけど、この前のオーディションほどではないような……？」

「こんなに疲れてるのに⁉　もしかして、音楽の種類によって効果の強さが変わってくるのかしら？」

「その力のことは分からないけど、アリアは歌うことよりもバイオリンを弾《ひ》くことに時間を費《つい》やしてきたわけだし、力量に差があるのは当然じゃない？」

アリアは不服そうな顔をして、眠たそうに欠伸《あくび》をする。

一方私はといえば、先ほどより思考がすっきりとクリアなことに気が付いた。

「ねえ、アリア。私、最近寝不足《ねぶそく》気味で頭がぼんやりしてたんだけど、今びっくりするくらいスッキリしてる」

「はぁ？　私の力って眠気覚ましなの？」

「歌で寝不足を解消できるなんてすごい力よ」

「えぇー。私はこんなに疲れるのに他人の眠気覚ましだなんてコスパ悪すぎよ」

アリアは頬を膨《ふく》らませて不満げに唸《うな》る。バイオリンを弾けばもっとすごい力を発揮するかもしれないんだから、そんな不服そうにしなくていいのに。

その日の夜、私は悪夢を見ることなくぐっすりと眠れた。なんと寝不足解消だけでなく、安眠《あんみん》効果まであったようだ。

そのことをアリアに伝えたら、複雑そうな顔をされたけれど。

先日ディラン様と初めて訪《おとず》れた図書館へ行き、膨大《ぼうだい》な本の中から、夢に関する本に目を通していく。アリアの歌を聞いた日は夢を見ることなく眠れたが、依然《いぜん》として夢見が悪いのは変わらない。

少しでも不安が払拭《ふっしょく》されないか文献《ぶんけん》を探してみたところ、悪夢を見続けるのは単に精神状態が良くないからと書かれていた。なんの参考にもならない内容に軽くため息をつく。

「ベールちゃん」

「っ⁉」

耳元で呼ばれた己《おのれ》の名前に、心臓が飛び出るほど驚いた。反射的に本を閉じ、勢いよく後ろを振り返る。

「え、えっとどなたですか……？」

「あ、そっか。こっちの僕は覚えてないよね。ラプラスだよ」

「ララ⁉　え、貴方《あなた》、教室ではそんな風貌《ふうぼう》じゃなかったわよね？」

「ふふ、まぁ色々あるんだよ」

柔《やわ》らかく微笑《ほほえ》むラプラスは、甘い笑顔《えがお》で私を見つめていた。眼鏡も白衣も着ていない彼は新鮮《しんせん》だった。ラプラスのお兄さんと言われた方がしっくりくるような……あれ？

水色の髪、長身、生徒とは思えないほど大人びた顔。もしかしてラプラスって、隠しキャラ――？

「図書館に来るなんて、珍しいね」

思考が途切れてハッと彼を見る。ラプラスは本を片手に、私を見下ろしていた。その本が、以前ディラン様が読んでいた魔法文字を使ったものと同じ表紙であることに気付き、息を呑《の》む。

それは確か、魔力《まりょく》を持つ者のみが入れる場所にあったと言っていたはずのもの。それをどうしてラプラスが……？

彼は楽しそうに目を細めて、ちらりと私の手元にある本を見た。

「何か調べ物でもあった？　授業で分からないところがあるなら僕が教えてあげるよ」

「い、いえ。夢占《ゆめうらな》いでもしようと思って……」

「夢占い？」

ラプラスは一瞬《いっしゅん》不思議そうな顔をしたが、思い当たる節でもあったのか、聞いたこともないような甘い声で囁《ささや》いた。

「ベルちゃんって本当に健気《けなげ》で可愛いね」

絡《から》め取るような声に私は身の危険を感じ、慌《あわ》てて立ち上がった。

「も、もう遅《おそ》いし、私は部屋に戻るわ」

「まぁまぁ、そんなに急がなくてもいいじゃない。少し僕とお話ししようよ。僕の部屋に招待するよ」

「殿方《とのがた》の部屋に入るなんてはしたないわ。帰ります」

明確に帰る意思を示したのに、ラプラスに腕《うで》を摑《つか》まれる。

「そう言わずに、ね？　ちょっとだけ付き合って」

ラプラスの言葉と同時に、視界が変わった。ジェットコースターのように景色が歪《ゆが》んだと思ったら、見慣れない部屋に来ていた。

今のは明らかに瞬間移動だ。ディラン様が秘密基地を模した空間へ移動する時使う魔法に似ている。

焦《あせ》ってラプラスの手を振り払《はら》おうとするが、相手の力が強くて振り解《ほど》けない。

連れてこられた部屋は、生徒会室より幾分《いくぶん》か大きく、一生徒の部屋というにはあまりにも豪華《ごうか》だった。

奥の窓に腰《こし》掛《か》けていたクララがこちらを見て、首を傾げる。

「ちょっと解けてる？」

クララの青空のような透《す》き通《とお》った瞳が、すべてを見透《みす》かすように私を見つめた。

「な、なんなの？　なんのこと？」

「忘却《ぼうきゃく》魔法は解けてないみたいだけど、精神魔法は効きが悪いよね」

ラプラスが、魔法の話をしてる。しかも、彼自身が魔法を使えるみたいな言い方だ。さっきも本を持っていたし、瞬間移動もしたし……もしかしてラプラスってディラン様と同じ魔法使い？

「ラプラス、まさか貴方、王族なの……？」

「まぁ、魔法を使えるって言ったら普通にそう思うよね。ベルちゃんには特別に教えてあげる。僕の本当の名前は、ラプラス・ブアメードではなく――ラプラス・ガルヴァーニなんだ」

ラプラスは、美しく、不気味に笑った。

ガルヴァーニ――それは、王子妃《おうじひ》教育のヨハネス先生の授業で、そしてルスト先生の授業で、度々現れていた一族の名前。

約五百年前、この大陸で魔力を保持していた二つの一族のうち一つが現王家の先祖であるヴェルメリオ家。そしてもう一つが――ガルヴァーニ家だった。

二つの家が領土争いをしたために勃発《ぼっぱつ》した戦争は『ヴェルメリオ・ガルヴァーニ魔法戦争』と呼ばれ、歴史上、最も大きな戦争であったと言われている。

ヴェルメリオ家は、戦争に勝つと同時にヴェルメリオ王国を建国した。敗戦したガルヴァーニ家は一家断絶とされているが、文献が途絶《とだ》えているためその消息は不明。

ヴェルメリオ家は攻撃《こうげき》魔法が、ガルヴァーニ家は精神魔法が得意だったと言われている。

――つまり、ラプラスはガルヴァーニ家の生き残りってこと？

「ガルヴァーニ家の血を引いているなら、魔法が使えてもおかしくない……」

「うんうん。理解が速くて助かるよ」

にこやかに笑う彼が急に恐ろしく感じられて、私は腕を捻《ひね》って逃《のが》れようともがく。唐突《とうとつ》に暴れ出した私に驚いたのか、ラプラスが手を離した。

その隙《すき》に扉《とびら》に向かうが、鍵《かぎ》がかかっていて開かない。ガチャガチャと金属が擦《こす》れる音に焦りが増していく。

「どうして逃《に》げるの？」

取っ手を引っ張り揺れていた扉が、背後から伸《の》びてきたラプラスの手によって固定された。

「ディランに助けを求めるつもり？」

「――魔法は、私の手には負えないわ」

「君は本当に賢《かしこ》いね。でも君が言う通り、君は僕に勝てない。だから助けも呼べないよ」

ラプラスは後ろから私の耳元に口を寄せて囁く。吐息《といき》が耳にかかる感覚にゾワゾワしながら、私はこの部屋から脱出《だっしゅつ》する方法を考えていた。

不意に腕が伸びてきて、ラプラスに背後から抱《だ》きしめられる。ディラン様とは少し違う、低い体温だった。ディラン様以外の男の人に抱きしめられるなんて嫌だ。

ドアノブを握《にぎ》っていた手を放して、ラプラスを渾身《こんしん》の力で押し返す。しかし、私が腕を突《つ》っ張《ぱ》っても叩《たた》いても、彼は涼《すず》しい顔で私を見下ろしていた。

「離して！」

「ディランに、他の男に触れられないよう言われなかったの？」

「知っているなら、私を解放しなさい」

「やぁだ」

ラプラスはにっこり笑って、語尾《ごび》にハートマークでも付きそうなほど甘い声で拒否《きょひ》を示した。――いいわ。そっちがその気なら、こっちにだって考えがある。

「こんな可愛い子が婚約者なんて、ディランは羨《うらや》ましいなぁ」

ラプラスの手が、私の頭に触れようとする。

その瞬間、私は彼の手を掴み、素早《すばや》く足払《あしばら》いをした。そして持っていた護身用のナイフを抜き、ラプラスの首元めがけて刃《やいば》を突き出す。

「ラプラス‼」

クララの悲鳴のような叫《さけ》び声が部屋に響《ひび》いた。

大丈夫。間違《まちが》っても人は殺さないように、刃はちゃんと潰してある。まぁ、首を狙《ねら》っていたらあまり意味はないかもしれないけれど。

私は床《ゆか》に倒《たお》れたラプラスに馬乗りになり、首にナイフを押し付けた。血はおろか、傷すらつけないよう手加減したが、脅《おど》しにはなっていると信じたい。

「……君、やる時はちゃんと見極《みきわ》めて行動できるタイプなんだね。本当に令嬢《れいじょう》なの？　騎士《きし》じゃなくて？」

「我が母の教えなの。『令嬢たるもの、己の身は己で守るべし。礼儀《れいぎ》のなっていない殿方

いる。

には容赦《ようしゃ》のない鉄槌《てっつい》を』ってね。素敵でしょ？」

ラプラスはナイフを突きつけられてもなお、余裕《よゆう》そうな笑《え》みを崩《くず》さず楽しそうに笑って
「うーん、渋《しぶ》いね」

「ベルちゃんはどうして僕に呼ばれたか分かる？」

「……知らないわ、興味もない」

「つれないね。そんなところも可愛いけど」

「早く私を帰して」

「……なんでそんなにディランが良いのかなぁ」

目を細め、彼は不機嫌《ふきげん》そうに顔を歪めた。

ラプラスは私の手首を摑んで、素早くナイフを奪《うば》う。男性の力に勝てるはずもなく、今
度は私が押し倒された。振り上げた足は、簡単に抑《おさ》え込まれる。

「本当にお転婆《てんば》だね」

「貴方、何がしたいの……？」

「怯《おび》えないで、大丈夫。乱暴はしないよ。これはただの布石に過ぎない。僕の本命はディ
ランだからね」

「ディラン様を、どうするつもり⁉」

得体のしれない恐怖《きょうふ》に、声が震えた。ラプラスは笑いながら、私の頭に手を伸ばす。大きな手に摑まれる感覚に鳥肌が立った。

「ディランを殺す」

ラプラスは静かに、しかし笑みを湛《たた》えて言った。

「何もディランを串刺《くしざ》しにして殺そうなんて思っていないよ。ただ彼の魂《たましい》を食って、僕があの身体《からだ》の中に入るだけさ」

「……は？」

理解不能な内容に、私は思考が停止し、すぐに反応できなかった。魂を食うとか、中に入るとか……殺すとか。

「君は、ディランを壊すのに絶対必要な人物だ。──だから君のこと、利用させてもらうね。でも、悲観しなくていいよ。僕が、ディランとして君を愛してあげるから」

子どものように無邪気《むじゃき》に笑うラプラスと、リィンと鳴る鈴《すず》の音。それを最後に、私の意識は闇へと沈《しず》んでいった。

ベルティーアのアメジストのような瞳が瞼《まぶた》に隠れ、彼女は力なく横たわったまま動かなくなった。

「大丈夫？」

クララが駆《か》け寄《よ》ってきて、ラプラスの顔を覗《のぞ》き込んだ。

ラプラスはチラリとクララの方を見て頷《うなず》くと、ベルティーアの顔を見た。眠っているかのように穏やかなベルティーアの顔は、ラプラスにとって女神《めがみ》のように映る。

「可愛いなぁ。どうしてこんなに可愛いんだろう」

この少女は、実に不思議だ。魂が異色なところも、こんなに強くて優しいところも。

その魂の色は、まるで『先祖返り』のようだ。

ラプラスは手を伸ばし、ベルティーアの頭に触れた。意識を集中させ、魔力を流す。穏やかに眠っていたベルティーアは顔を顰《しか》め、ラプラスから逃げるようにモゾモゾと動く。

彼女の本能が、魔法をかけられることを嫌がっている。それを押さえつけて、ラプラスは魔法をかけ続けた。

「どんな魔法をかけてるの？」

「恋心《こいごころ》を消す魔法。――忘却魔法と精神魔法の掛《か》け合わせ。すごくない？」

「……性格悪い」

「誉《ほ》め言葉どうも」

クララはベルティーアから離れて、疲れ切ったようにため息をつく。

ラプラスは寝《ね》ているベルティーアの目を覚まさないよう注意しつつ、彼女を抱きしめ、髪に顔を埋《うず》めた。

「ディラン、どんな顔するかなぁ。やっと面白《おもしろ》くなりそう」


音楽祭当日。

ベルと会場まで一緒に行こうと思い彼女の部屋へ向かうと、ちょうど廊下《ろうか》の反対側からベルが歩いてきた。

「おはよう、ベル」

声をかけると、ベルは驚いたように俺を見た。

「ディラン様、おはようございます。どうしてここへ？」

「会場まで一緒に行こうと思って、迎《むか》えに来たんだ」

「まぁ、そうだったんですか。お気遣《きづか》いありがとうございます」

ベルはしっとりとお淑《しと》やかに、淑女《しゅくじょ》の笑みを浮かべた。いつものように挨拶《あいさつ》をするため、彼女の頬に顔を寄せる。ベルはびくりと肩を震わせ、優しく俺の肩を押した。

「ディラン様、ここは女子寮の廊下ですし、あまり目立つようなことは……」

ベルは困り顔をして、俺を見る。今まで一度も断られなかった挨拶のキスを拒否されたことに、突き刺さるような悲しみを感じた。

それでもすぐに王子様然とした笑みを浮かべ、頷く。

「……そうだね。ベルと会えたのが嬉しくて、つい」

「ふふ、ありがとうございます。さ、行きましょうか」

あれ、いつもなら、私も会えて嬉しいって言ってくれるのに。

ベルからの好意が返ってこないことに、不安を感じる。精神魔法が、餌《えさ》をもらった獣《けもの》のように暴れ始めた。

ベルが離れていく悪夢のことを思い出して、胸が締め付けられるように苦しい。

――落ち着け。もしかしたら、俺の勘違《かんちが》いかもしれない……きっと、そうだ。

釈然《しゃくぜん》としないまま、ベルと共に会場となる歌劇場へと向かう。

会場は全校生徒が入ってもまだ余裕のある大きな劇場。赤いカーペットと金の装飾《そうしょく》が眩《まぶ》しい大きなホールに、ベルは感嘆《かんたん》のため息をついた。

舞台《ぶたい》の袖《そで》に入ると、すでにグラディウスが音楽祭の最終確認《かくにん》を行っている最中だった。

ベルはグラディウスを見るや慌てて彼に駆け寄った。反射的に引き留めようと動いた手は、中途半端《ちゅうとはんぱ》にベルの手を掠《かす》る。

「……？　何か御用《ごよう》でしたか？」

「あ、いや。なんでもないよ。行っておいで」

「はい。送ってくれてありがとうございました。失礼しますね」

ベルは軽く会釈《えしゃく》をして、グラディウスの元に向かった。その後ろ姿に、心がゾッと冷たくなる。

「グラディウス様、おはようございます。遅《おく》れてしまいましたか？」

「おはよう。問題ない。もう少し遅くても良かったくらいだ」

グラディウスと話すベルは心なしか生き生きとしていて、時折楽しそうに笑う。

「音楽祭の段取りって、全部グラディウス様が決めたものだったんですね」

「あぁ、前のやり方だと効率が悪いと思って、去年書き直した」

「やっぱりグラディウス様ってすごいですよね。私、お役に立ててます？」

「もちろん」

グラディウスが珍しく笑った。優しくベルを見るその瞳の奥に隠れた感情を、俺は誰よりも知っている。やっぱりこいつ、ベルのこと——。

『両想い？』

頭に流れ込んできた言葉に、時が止まったように周りの音が聞こえなくなった。束《つか》の間《ま》の静寂《せいじゃく》が脳を支配した後、言葉が溢れ耳鳴りがする。

『ベルはきっとグラディウスのことが好きなんだ！』

『だってあんなに楽しそう』

『頬へのキスも拒《こば》まれたし、もしかしてあの夢みたいにベルは他の人が好きになっちゃったのかな？』

『もう、俺のことなんて好きじゃないのかも』

『俺がいるのに、どうして他の男と話したりするの？』

雑音が響いて止まらない。喉《のど》の奥が焼けるように熱くなった。

「髪が乱れているぞ」

グラディウスがベルの横髪を指ですくい、耳に掛けた。ベルは照れたようにはにかんで、お礼を言う。

その時、鋭《するど》い音を立ててステージの灯《あか》りが一つ割れた。ガラスが砕けた音にハッと意識が引き戻される。ベルたちは慌てた様子で灯りを見に行った。

また、感情のせいで魔力が抑えられなくなっている。もし、灯りじゃなくてここの誰かに被害《ひがい》があったら。俺は、また化け物になってしまう……また？

『恐ろしい力だ』

『ベルを傷つけてしまうかも』

『あの子は俺ではない別の誰かと結ばれた方が幸せなんじゃないか？』

うるさい、うるさい。ベルを幸せにするのは俺だ。彼女の隣は誰にも譲《ゆず》らない！

ずきずきと心臓が痛む。自分の浅ましさと醜悪《しゅうあく》さを突きつけられ、首が絞《し》められるようだ。俺の愛は、彼女のように美しい形をしていない。どす黒く、地獄《じごく》のように混沌《こんとん》としている。

どうか、俺の隣で幸せになってくれ。俺の歪《いびつ》な愛でもベルを幸せにできるのだと証明したい。

そんな身勝手な願いを見透かすように、頭の中の声は俺を責め続けた。


開幕する十分前、実行委員の仕事を終わらせたベルとグラディウスが生徒会用に用意された観客席に来た。平然とグラディウスの隣に座ろうとするベルを呼び、自分の隣に座らせる。

ベルがグラディウスの隣に座ろうとしたことだけでも悲しいのに彼女の手を握ろうとすると、避《さ》けるように逃げられた。驚いて見ると、ベルは俺を咎《とが》めるような目をして、首を横に振った。

「みんないるから駄目《だめ》です」

いつものように冗談《じょうだん》で、横並びだからバレないよ、と笑って言うこともできない。

ベルの俺への愛情が失われているように感じられて、ただただ恐ろしかった。

「そうだよね。ごめんね、ベル」

俺はちゃんと、笑えていただろうか。

配られたパンフレットを見つつ、次の曲目を見る。あっ、次はアリアなんだ。

音楽祭は想像していたよりもずっと楽しく、時間があっという間に感じられた。

私はディラン様とは反対側にいるアスワド様に小声で話しかける。

「アスワド様、アリアと上手くいったみたいですね。おめでとうございます」

アスワド様は照れたような顔をして、「ありがとうございます」と言った。

「全部ベルティーア様のおかげですよ。アリアもそう言っていました」

「アスワド様が行動に移したからですよ。これからも末永くお幸せに」

私が微笑みかけると、アスワド様は嬉しそうに頷いた。

ステージが暗くなり、さっきまで演奏していた生徒が退場する。しばらくすると灯りが点《つ》き、その下にはバイオリンを構えるアリアが現れた。

美しいドレスを着て光の下に姿を現した彼女はまるで天使のようだ。

アリアが目を瞑《つぶ》って弓を弾こうとした——瞬間、灯りが消える。

「アリア⁉」

アスワド様が慌てて立ち上がり、ステージの方に向かっていく。

突然のことに、生徒が騒《ざわ》めき始めた。もしかして照明の事故だろうか。場合によっては実行委員の出番かもしれない。

真っ暗なホールの中、ステージの方からガシャンッとけたたましい音がした。何かが壊れるような音だ。

様子を見に行こうと立ち上がると、ぐんっとディラン様に手を引かれ、すぐに抱《かか》え込まれるように両手で耳を塞がれる。訳が分からず目を白黒させていると、突然劇場に高音の歌声が響いた。

その歌声はオーディションの日に聞いたクララの声だったが、あの時のものとは全然違う。

天井《てんじょう》まで響き渡《わた》る音に、酷い不快感を覚える。体内に捩《ね》じ込まれるようなその声から逃げるようにディラン様の手に自分の手を重ねた。

しばらくして、歌声は聞こえなくなった。

周りを見ようとディラン様の手を耳元から外し立ち上がろうとすると、身体を強く引き寄せられ腕の中に閉じ込められた。

身動きできぬまま呆然《ぼうぜん》としていると、生徒たちが一斉に立ち上がった。拍手《はくしゅ》が一つ二つと増えていき、雨のような称賛《しょうさん》に変わる。これ、スタンディングオベーションってやつじゃ……。

しかし拍手喝采《かっさい》はぴたりと止まり、今度は生徒たちがバタバタと倒れ始めた。

本当に何がなんだか分からない。ステージに目を向けると、頭を押さえて蹲《うずくま》るアリアのすぐ側にはクララがいた。

「アリア！　……うっ」

アリアの名前を呼ぶとディラン様の腕の力がさらに強くなり、思わず呻《うめ》き声《ごえ》が出る。

「私は大丈夫！　ちょっと頭痛がするだけよ」

アリアはよろけながらも立ち上がり、無事を伝えるように親指を立てた。

その時、乾いた拍手が一つだけ鳴り響く。立派な衣装に身を包んだ男が、こちらに向けてパチパチと手を鳴らしながらステージの中央まで歩いてきたのだ。

「クララの魔法がよく効いてるみたいだね、ディラン」

空のような青い髪。高い背丈《せたけ》。うんと大人びた表情。軽薄《けいはく》そうな笑み。――そして、煌《きら》めくブルーの瞳。

「貴方は……」

男は口の端を釣《つ》り上げ、ステージの上から消えた――と思った次の瞬間、目の前に現れる。

「初めまして、僕はラプラス・ガルヴァーニ。ガルヴァーニ家の末裔《まつえい》であり、君と同じ『先祖返り』。ふふ、驚いた？」

ラプラスって、あのラプラス？　私の隣の席の。

驚いて彼を凝視《ぎょうし》する私の視線に気が付いたのか、彼は私の方を見てにやりと笑った。

「君とこの姿で会うのはこれで三度目だね」

「三度目……？」

「都度記憶《きおく》を消しているから覚えていないよね。君の記憶での僕は小柄で眼鏡をかけた風変わりな研究者だったと思うけど、本来の僕はこっち。以後よろしく」

ラプラスはいつもより低く、落ち着いた声をしていた。二十代後半くらいに見えるが、実年齢《じつねんれい》はいくつなんだろう。

ラプラスを観察していると、突然目元を覆《おお》われた。ディラン様が、私の目を片手で覆ったのだ。

「ディラン様⁉」

「ベル、俺以外を見ないで」

視界が暗くて何も見えない。これでは身動きが取れないではないか。

「余裕のない男は嫌《きら》われちゃうよ？」

「うるさい。お前もベルに話しかけるな」

ディラン様の手を外そうと抵抗《ていこう》すると、思いの外あっさりと退いた。いきなり目を覆うなど、文句の一つでも言ってやろうかと思ったが、ディラン様を見てそんな雰囲気ではないことを悟《さと》る。

ラプラスはディラン様の顔を覗き込んで、にっこり笑った。

「魔法、使えないんでしょ？　感情が乱れすぎてて今使ったらみんな殺しちゃうからねぇ」

ディラン様は何も言わない。

ラプラスは、瞳を弓なりにしならせ、ゾッとするほど邪悪《じゃあく》に笑った。

「さぁ、ベルティーア。君の気持ちを彼に伝えてあげなよ」

「……え？」

ディラン様は、私を見た。懇願《こんがん》するような、だけどどこか諦《あきら》めているようなそんな表情をしている。

「今から聞く質問に答えなさい。――正直に、ね」

鈴の音が、頭の中で鳴り響いた。

「ディランのこと、どう思う？」

「あ、あの……」

一体私に、どうしろというのだ。だけど困惑する私の言葉を、ディラン様もラプラスも待っている。

正直にって言われたって、私はディラン様に対する特別な感情はない。ただの婚約者だし、ディラン様だってそう思っているはずだ。……強いて言うなら恐怖……？　さっきから様子がおかしいし、いきなり目を覆ってくるし。なんか不気味だなって思う程度。

だけど、悲しげな顔をして私を見つめる彼にそんなこと言えない。

私が沈黙を貫《つらぬ》けば貫くほど、ディラン様の瞳はどんどん曇《くも》っていく。でもどうすればいいか分からない。好きとか嫌いとか、ディラン様に対する自分の感情が全く湧《わ》かないのだ。ならば、「何とも思っていない」と言えばいいのか……だけど、それだけは言ってはいけない気がする。

「ベル！　なぜ黙っているの⁉」

叫んだのはアリアだった。その問いに答えたのは、私ではなくラプラス。

「沈黙が、ベルティーアの答えだからだろう？」

その瞬間、ギュルッとディラン様の瞳に渦《うず》が巻いた。青い瞳が、じわじわと黒く染まっていく。

「──いつか、ベルが離れていく日が来るんじゃないかって、思ってた」

ディラン様は歪《いびつ》な笑い方をした。ゆっくりと私の首に手が添《そ》えられる。彼の指が頸動《けいどう》脈《みゃく》を軽く押さえた瞬間、本能的な恐怖にドッと冷《ひ》や汗《あせ》が流れた。

「もし、その日が来たら、俺は」

苦しそうで泣きそうなディラン様の顔。

——この人、本気だ。

そう理解した途端、呼吸が浅くなる。身体は恐怖に固まって抵抗すらできなかった。

「ディ、ランさ……や、やめ」

「俺以外を選ぶなんて、絶対に許さないから」

彼の真っ暗な瞳に恐怖を浮かべた私の姿が映る。

「逃げて！」

アリアの悲痛な声が耳を刺した。

私、このまま死ぬのかもしれない。

「ベルティーアを殺すより先に、お前にはしてもらうことがある」

ラプラスはディラン様の背後に立って、頭部を片手で掴んで言った。

「思い出せ、ディラン。お前が封印《ふういん》していた、〝母〟の記憶を」

ディラン様は咄嗟《とっさ》にラプラスの腕を払った。ラプラスは恐ろしいほど綺麗な笑みを浮かべたまま、彼を見据《みす》える。

「——ぁ……あぁあああ！」

ディラン様は絶叫し、膝をついた。

「どうしたんです⁉」

私は慌ててディラン様に近づき、その瞳を見て震える。

それはあらゆる光を飲み込む色をしていた。重く、昏《くら》い瞳は、さっき見た美しい海のような瞳とは比べ物にならないほど濁《にご》っている。生気が抜けたように焦点が定まっていない。

「ベルちゃん、僕と賭《か》けをしよう」

私が顔を上げるとラプラスはにこやかに微笑んだ。私からディラン様を引《ひ》き剝《は》がし軽々と脇に抱える。

「賭け？」

「そう。可愛いベルちゃんにチャンスをあげる。――もし、君が自分にかけられた魔法を解き、ディランへの愛を思い出すことができたら、助けに来てもいいよ。まぁもう無理だと思うけど。クララ、魔法が解けた場合のみ、彼女に手を貸してあげて」

「……分かった」

「……どういうこと？　魔法って……？」

「期待してるよ、ベルティーア」

ラプラスは軽薄な笑みを見せてから、ディラン様と共に一瞬で消えた。

何がなんだか分からぬまま、アリアと合流すべくステージに上がると、アリアの隣にはなぜかアスワド様がいた。

「あれ、アスワド様がどうしてここに？」

「急に灯りが消えたのでアリアの無事を確かめに咄嗟にステージに向かったのですが、外からしか入れないようなので一度会場の外へ出てこちらへ回ってきました」

「なるほど……」

そうか、アスワド様は異変に気付いて飛び出したから、クララの歌声を聴いていないんだ。

「そんなことより、まずはベルの魔法を解かないといけないわ」

アリアは強張《こわば》った表情をし、硬い声で言った。私は気まずくなって、目を伏せる。

今にも泣きそうで苦しそうなディラン様の表情を見てから、胸《むね》の奥が苦しくて仕方がない。

私を殺したいほどの激情を宿したあの瞳を、私は何度も見た気がする。愛のような、執着のような――。

心が何かを訴《うった》えかけているのに、それがなんなのか自分で自分が分からない。

「ベルに魔法がかけられていたなんてちっとも気付かなかった」

「俺にも特に変わった様子はなさそうに見えるが……」

「王子をどう思うか聞かれて、答えられなかったのが何よりの証拠《しょうこ》よ！　いつものベルならすぐに好きだって答えるはず」

私がディラン様を好き？　そんなはずはない。彼はただの婚約者だ。

「何、言ってるのアリア。だってディラン様は――」

胸が苦しい。心が何かを叫びたがっている。


「ただの婚約者なのよ？」


「ベル、気付いていないの？　あなた、泣いてるわよ」

「……え？」

アリアはじっと私を見て、バイオリンを構えた。

「この力がどれだけ有効かは分からないけど、全力でやってみるわ」

目を瞑り、演奏を始める。柔らかいバイオリンの音が流れ込んでくると同時に、私の中で様々な記憶が渦巻《うずま》いていく。

ラプラスと廊下で話したこと、彼の本当の目的、ディラン様を傷つけるような行動の数々――。

心地よいアリアの演奏を聴きながら、私はここ数日のすべてを思い出していく。

「わ、私……なんてことを」

涙が止まらない。ディラン様への大切な思いを失っていた。その場に頽《くずお》れた私を見て、アリアが演奏を止めた。

「ベル……」

「どうしよう、取り返しのつかないことをしてしまった……。私が苦しんでいる時、ディラン様はあんなに助けてくれたのに、私は――」

後悔《こうかい》に押し潰されそうになる私にアリアが静かに尋ねる。

「ベルは、どうしたいの？」

そうだ。こんなところで蹲《うずくま》って泣いている場合ではない。今この瞬間にもディラン様の身に危険が降りかかろうとしている。なら――私のすることはただ一つ。

「――ディラン様を、助けに行く」

涙を拭《ふ》き、立ち上がる。アリアは心得たように力強く頷いた。

「アリアとアスワド様はここにいてください。相手は魔力持ちですし、二人を危険に晒《さら》すわけにはいきません。ディラン様は私が助けに行きます」

「ベルの気持ちは分かるけれど、無鉄砲《むてっぽう》に突っ込んでも返り討《う》ちにあうだけよ」

「うっ……」

アリアの言う通りだ。とはいえあれこれ作戦を考えている暇《ひま》はない。ラプラスがディラン様の身体を乗っ取ってしまったらそれこそ本当に取り返しがつかなくなってしまう。

「でも今は問答の時間すら惜《お》しいわ。行くだけ行かないと」

「その通りね」

声の方を向くと、そこにはクララが立っていた。ずっと黙って傍観《ぼうかん》していた彼女はいつも通り無表情のままだ。

「クララ、私をラプラスの元へ連れて行って」

「ベル！」

アリアが私を非難するように叫ぶ。分かってる。自分が無謀《むぼう》なことをしているって。自ら罠《わな》にハマりに行くようなものだ。

でも、いてもたってもいられないのだ。ディラン様が敵に捕らわれているのにじっとなんてしていられない。しかも私は彼を傷つけてしまった。魔法のせいとはいえ、謝ることもできないなんて、嫌だ。

「アリア、ごめん。でも」

「私も行く」

アリアはまっすぐな目で私を見た。黄金の瞳が輝《かがや》く。

「シエル！　シュヴァルツ！　起きなさい！」

いつもの可愛らしい声からは想像もできないほど鋭い声。ホールに反響《はんきょう》し、ビリビリと肌《はだ》が痺《しび》れるようだ。

「グラディウスとハルナも！　力を貸して！」

キラキラ、している。

比喩《ひゆ》ではなく本当に、アリアの瞳が輝いているのだ。まるで、ディラン様が魔法を使う時のように。

もしかして、ヒロインの力って……魔法だったの？

「う、ううん……」

「頭が痛い……はっ！　ディラン様がいらっしゃらない⁉」

「頭の中が気持ち悪いぞ」

「……最悪。私が、気絶するなんて……」

最初に起きたのは、シエルとシュヴァルツ。二人に続くように、さらにグラディウスとハルナが起き上がった。

「四人とも早く来て！　説明は後でするから、王子を助けに行くわよ」

「えっ、アリアどうしたの⁉　すごくキラキラしてる！」

はしゃいでいるのはシエルだけで、側近三人は驚いた顔でアリアを見ていた。呆然としたままアリアに近づき、そしてグラディウスがボソリと聞いた。

「アリア嬢、君は王族か？」

当然の疑問だ。私もそう思った。

「王族かどうかなんてどうでもいいわ。ベル、私はヒロインの力を全力で行使する。付《つ》け焼《や》き刃《ば》でも、魔法に似たこの力はラプラスに対抗できる切り札になるかもしれない。だから……ベルは王子を助けて」

アリアは力強く私を見つめて言った。だが、危険にみんなを巻き込むことになる。

「で、でも……」

「私がこの前話した王子ルートのこと覚えてる？」

「え、うん」

「王子は今まさに、闇堕ち状態よ。誰の声も届かない。誰も信用しない。ヒロインすらも彼のことを救えなかった。──だからこそ、彼を取り戻せるのはベル、あなただけなの」

「……もし、ディラン様を連れ戻せなかったら」

「最悪、みんな仲良く死ぬわ」

覚悟《かくご》を決めなくては──ディラン様を助け出すには、みんなの力が必要なのだ。

「アリア、アスワド様、シエル、シュヴァルツ様、グラディウス様、ハルナ。……みんなどうか、ディラン様を助けるために力を貸してください。お願いします」

私は深々と頭を下げ、お願いした。

「とても、危険なことを頼《たの》んでいます。相手は魔法を使えるし、最悪命を落とすかもしれません。それでも、助けてほしいんです」

人に頼むのに、曖昧《あいまい》な言い方をしてはならない。危険がある可能性を、嘘偽《うそいつわ》りなく伝え、誠意を示さなければ。

「もう、ベルティーア様ったら！　お顔を上げてください。僕たちが断るとお思いですか？」

　ゆっくりと頭を上げると、柔らかく微笑んでいるシエルがいた。

　シュヴァルツもグラディウスもハルナも各々《おのおの》頷いた。

「ディラン様のためなら、命など安いものです」

「殿下《でんか》の協力をするよう、ギル様からは申しつけられている。王宮の方がもっと殺伐《さつばつ》としていたから大丈夫だ」

「グラの言う通り……。だけど、ベルティーア様の助けにもなりたいから、精一杯《せいいっぱい》協力するよ」

「あ、ありがとうございます！」

　みんなの反応が嬉しくて、涙が出そうになる。何より、ディラン様のためにこんなに協力してくれる人たちがいることが嬉しい。

「時間がありません。早く行きましょう。クララ、案内をお願いします」

　扉の前にいたクララは、美しい黒髪を滑《すべ》らせて小さく頷いたのだった。

第四章　王子の本性

生徒のいない校舎は、酷《ひど》く寒々しく感じる。そんな廊下《ろうか》に響《ひび》くのは今の状況《じょうきょう》に似つかわしくない明るい声だった。

「てゆーか、シエルって殴《なぐ》り合いとかできるの？」

ドレスから動きやすい制服に着替えたアリアは、胸のリボンを結びながら尋ねる。その問いに、シエルは楽しそうに答えた。

「何言ってんの！　僕、聖騎士団《せいきしだん》団長の次男坊《ぼう》だよ！」

「えっ、じゃあ剣技《けんぎ》とか強いんじゃない？」

「それがさぁ、剣は柄《つか》を折っちゃうから向いてないんだよねぇ……。力なら誰《だれ》にも負けないんだけど」

「……柄を折る……？」

混乱してシエルの言葉を繰《く》り返したのはアスワド様。シエルは見た目に反してものすごい剛力《ごうりき》らしい。瓦《かわら》割《わ》りとかすごそう。

ラプラスの元まで、無言で重苦しい空気の中進んでいくと思っていたが、よく喋《しゃべ》るシエルとアリアのおかげか、良くも悪くもあまり緊張感《きんちょうかん》がない。

「貴方《あなた》たちって、変ね」

私の隣《となり》を歩いているクララは無表情のまま、アリアたちを見ていた。

「……クララ。一つ聞きたいんだけど、ラプラスって本当に『先祖返り』なの？」

私はずっと気になっていたことをクララに尋《たず》ねた。ラプラスがディラン様に言っていたあの時は記憶《きおく》がなくて何がなんだか分からない状態だったが、すべて思い出した今ならあの発言は聞き逃《のが》せないものだ。

クララは私をチラリと見て、頷《うなず》いた。

「本当よ。彼は、五百年前に存在したガルヴァーニ家最後の当主の『先祖返り』なの」

私は言葉を失った。

「だから、あの戦争で敗戦したガルヴァーニ家の記憶を持っている」

「……それで、ディラン様に固執《こしつ》するの？」

「彼が固執しているのは、この国。王様だよ。だって、ガルヴァーニ家が勝っていたら今《いま》頃《ごろ》この国は彼の子孫が治めていたはずだからね。ディランの身体《からだ》を乗っ取るのは国を掌《しょう》握《あく》するための前段階よ」

「そ、そんな……」

「……怖《こわ》がる必要はない。だって彼、ああ見えて私より魔力《まりょく》量少ないもの。だからこそ、魔力が豊富なディランの身体が欲《ほ》しいんだろうけど」

クララはラプラスの味方ではないのだろうか。淡々《たんたん》と答える彼女はラプラスの情報について隠《かく》す気はなさそうだ。

「クララは、どうしてラプラスに従うの？」

「──兄だから。ただそれだけ。味方かと聞かれたら、ちょっと微妙《びみょう》。言うことは聞くけど」

「クララもラプラスと同じでガルヴァーニ家の末裔《まつえい》なのね」

「そうよ」

クララは自分の髪《かみ》を指先でいじりながら頷いた。

「──あ、ミラ様は？　どうしてラプラスみたいに生徒を操《あやつ》ることができたのかしら？」

「さぁ？　興味ないから知らない」

クララは突《つ》き放《はな》すような声で、どうでもいいと言わんばかりの表情をしていた。しかし、何か思い出したのか「そういえば」と声を上げた。

「あの人、ラプラスのこと知ってた。一度だけラプラスに会いに来て、魔法《まほう》道具をもらっていたわ。そのおかげで魔法が使えたんじゃない？」

「魔法道具で？　そんなことできるの？」

「できるよ。命を代償《だいしょう》にしてでも魔法を使いたいと願うなら」

私は驚《おどろ》いて咄嗟《とっさ》に言葉が出なかったが、どこか納得《なっとく》もしていた。そうか、だからミラ様は生徒を操る度《たび》に血を吐《は》いて苦しそうにしていたのだ。

クララが立ち止まる。着いた先は、特別棟《とう》だった。私たちが初めてここの生徒会室に入った時のように、なんの変哲《へんてつ》もない壁《かべ》から、螺旋《らせん》階段が現れる。

「ラプラスは、この上にある生徒会室にいる。みんなは馴染《なじ》みがあるんじゃない？」

赤いカーペットの敷《し》かれた階段が、初めて見た時よりおどろおどろしく見える。

なぜラプラスがこの場所を選んだのかは分からないが、私たちの居場所であるここを選んだのは趣味《しゅみ》が悪い。

「さっ、早く行くわよ！」

最初に勢いよく階段を登り始めたのはアリアだ。その後を慌《あわ》ててアスワド様が追う。

あっという間に、ほかのみんなも階段を登り始めてしまった。

「あぁ、みんな早すぎる……。案内をありがとうクララ。私も行くわね」

「……ベルティーア、またね」

そう言ってクララはふらっと手を振《ふ》ると、そのまま消えてしまった。最後まで何も摑《つか》めない子だった。

「ベルー？　大丈夫《だいじょうぶ》ー？」

上の方から、私を呼ぶアリアの声。私は慌てて階段を駆《か》け上がった。

目の前に聳《そび》え立つのは、大きな扉《とびら》。私は緊張で息を呑《の》んだ。心臓がどくどくと波打つ感覚に無意識に胸に手を当てる。

「開けるわよ」

アリアが躊躇《ためら》いもなく扉に手をかけた。

開かれた扉の先には、生徒会室まで続く広い廊下があり、その廊下の奥にラプラスが立っていた。

彼は私たちを見て、柔《やわ》らかく微笑《ほほえ》む。

「どうやら賭《か》けに勝ったのは君みたいだね」

「ディラン様はどこなの」

私が間髪《かんはつ》を容《い》れずに尋ねると、ラプラスは生徒会室に続く扉を見た。

「生徒会室の奥にある部屋だよ。昔の記憶を思い出すのには時間が必要だから。と言っても、ディランが最悪な記憶を取り戻《もど》すのは決定事項《じこう》だし、もう止められないと思うけどね」

――いや、現段階でディラン様の魂《たましい》が食べられていないのなら、まだ勝算はある。

ラプラスは勝機を見出《みいだ》す私を見て呆《あき》れたような笑《え》みを浮《う》かべた。

「諦《あきら》めが悪いねぇ。せっかく来てくれたんだしディランの器《うつわ》が完成するまで、君たちの相手でもしてあげるよ」

ラプラスが攻撃《こうげき》をするより早く、アリアがバイオリンを奏《かな》で出した。

「……！」

アリアのバイオリンの音にラプラスは目を見張る。

「その音、精神魔法に似た気配がする」

鳴《な》り響くバイオリンの音を合図に、グラディウスとハルナがラプラスに飛びかかった。だが二人を素早《すばや》く壁に飛ばし、アリアを狙《ねら》う。私たちなど障害にすらならないようだ。

「ディラン様から頂いた大切なものをお前ごときに使うのは不本意で仕方ないが……。背に腹はかえられないな。ベルティーア様、死ぬほど全力で走り抜《ぬ》けてくださいね」

ラプラス相手にも怯《ひる》む様子のないシュヴァルツが、おもむろにポケットに手を突っ込みながら言った。

え、今？　と戸惑《とまど》いつつも、シュヴァルツが作ってくれるチャンスだ。私は言われるがまま廊下の奥にある生徒会室目掛《めが》けて走った。ラプラスが私に気を取られた隙《すき》に、シュヴァルツが何かをラプラスに向かって投げる。

それはボンっと大きな音を立てて破裂《はれつ》した。私は風圧で態勢を崩《くず》し、生徒会室の扉の前までゴロゴロと転がる。

危機一髪《ききいっぱつ》すぎる。殺す気か⁉

「私の方が死にそうですけど⁉」

「これくらいしないと、魔力持ちを出し抜くなんてできないんですよ」

「ナイスよ、シュヴァルツ！　ベル、今のうち！　早く王子の元へ行って！」

「今私のこと呼び捨てにしました？」

バイオリンを弾《ひ》きながらアリアが叫《さけ》んだ。その声で私は弾かれるように生徒会室へ転がり込む。

「ちょ、ちょっとシュヴァルツ！　ラプラスを殺してないでしょうね⁉」

「これくらいで死にはしません。……多分」

アリアとシュヴァルツの声を遠くに聞きながら扉を閉め、生徒会室の奥の部屋に足を踏《ふ》み入れる。そこは、柔らかいオルゴールの音が響いていて、その穏《おだ》やかさが逆に不気味な印象を与《あた》えた。

中央には天蓋《てんがい》が付いたベッドがあり、窓に鉄格子《てつごうし》があること以外は至って普通《ふつう》の部屋だ。ベッドのほかに机と椅子《いす》が二脚《にきゃく》分だけの、殺風景な光景が広がっている。

天蓋を避《よ》けてベッドを確認《かくにん》すると、そこには眠《ねむ》っているディラン様がいた。

慌てて側に駆け寄り、そっと頬《ほお》に触《ふ》れた。体温はあるし、顔色も悪くない。大丈夫だ。生きてる。

彼の無事に安心していると、強い力で手首を摑まれた。摑んだのは、ディラン様だ。

「ディラン様！　気分とか大丈夫で……い、いたっ」

手首を摑む手の力が、どんどん強くなる。骨が折れるのではないかと思うほどだ。

たまらず振り解《ほど》こうとするが、彼の手は離《はな》れなかった。

「痛い、痛いです！」

悲鳴にも近い声を上げて訴《うった》えると、ゆっくりと覚醒《かくせい》するように目が開いた。ぼんやりとした生気のない瞳《ひとみ》が、私を捉《とら》える。

「ディラン様……？」

私を見るなり彼の目は大きく見開き、みるみるうちに涙《なみだ》が溢《あふ》れて止まらなくなる。ディラン様は涙を零《こぼ》しながら緩慢《かんまん》な動きで起き上がると、俯《うつむ》いて口元を手で押さえた。

私はあまりの驚きにおろおろと戸惑うことしかできない。

「う、ぅう、ふぅ……っ、ぅ」

声を堪《こら》えながら、しかし嗚咽《おえつ》は止まることなく溢れる。もうこちらが心配になってしまうほどの号泣《ごうきゅう》だった。

しかし、びっくりしたのは一瞬《いっしゅん》で、すぐに私は彼の隣に座る。ディラン様は目を伏《ふ》せてしくしくと泣き続けていた。

「ディラン様、ごめんなさい。私のせいで……」

彼がこんなに涙を流すのを私は初めて見た。魔法にかけられ、心ない態度をとったがために彼をこれほど追い詰《つ》めてしまったなんて。恋人《こいびと》失格だ。

ディラン様は涙を零しながら私を見た。

「ベルのせいじゃないよ」

「……そうだと、いいのですが……とりあえず今はお顔も涙で濡《ぬ》れてしまっているので、何か拭《ぬぐ》うものでも」

「やだ」

ベッドから立ち上がろうとする私の手首を、ディラン様は引き留めるように強く握《にぎ》った。

「お願い、一人にしないで……」

必死に懇願《こんがん》するディラン様の肩《かた》は怯《おび》えるように震《ふる》えている。それを見た瞬間《しゅんかん》、私は彼を抱《だ》きしめていた。

「大丈夫。大丈夫です。ごめんなさい。ずっと側にいるって言ったのに」

震えが直《じか》に伝わってくる。ディラン様は縋《すが》りつくように力一杯《ちからいっぱい》私を抱きしめた。

「怖くて怖くて、涙が、止まらない……。何かを思い出しそう。でも、思い出したくない。なんでか分からないけど、思い出したら俺が、俺じゃなくなってしまう」

時折洟《はな》を啜《すす》りながら、ディラン様はなんとか言葉を紡《つむ》いだ。怯えるように目をきつく瞑《つぶ》る彼の頰には絶え間なく涙が伝う。

「なのに、思い出したくないのに、迫《せま》ってくるんだ。お願い、ベル、助けて、助けてよっ」

悲痛な声に、ディラン様を守るように胸に抱《かか》え込む。それでも震えは止まることなく、彼は私の手を握った。まるで、この手が私たちを繋《つな》ぐ唯一《ゆいいつ》のものであるかのように。

「側にいます、ここにいますよ」

彼に届くように、金の髪に顔を埋《うず》め何度も何度も繰り返す。彼が、穏やかでいられるようにと心から願った。

「ベル、おねが……い。助け、て……」

そうするうちに震えは止まり、ディラン様の手の力が抜けた。ずしんと重くなった頭に、眠ってしまったのだと気付く。

ディラン様をベッドに寝《ね》かせ、労《いたわ》るように額にキスをする。助けてと言われたからには、何がなんでもディラン様を救いに行かなければならない。……でも一体どうすれば……。

「――ディランはもう助からないよ」

「……どういう意味？」

天蓋の陰《かげ》から姿を見せたのは、クララだった。いつの間にかこの部屋に入っていたらしい彼女は、すべてを見透《みす》かすような瞳でうっすらと笑った。

「そもそも、ラプラスの目的は、ディランの身体を奪《うば》うこと。その目的を達成するにはディランの自我《じが》を破壊《はかい》しなくてはならないの。そのために、まず貴女《あなた》を利用し、ディランの中の魔力を暴走させた。彼は貴女の愛がなくなることを最も恐《おそ》れていたからね。そしてこれから、ディランがそうなるきっかけになった、封《ふう》じ込められた過去を思い出させようとしている」

「……封じられた、過去？」

「ベルティーアは、ディランがかつて王宮でなんと言われていたか、知ってる？」

クララの問いに、私は首を横に振った。

彼は王宮での扱《あつか》いが良くなかったと聞くが、その具体的な内容までは知らない。膨大《ぼうだい》な魔力を持つため、王太子《おうたいし》に嫉妬《しっと》され迫害《はくがい》されたのだと思っていたが……。

「〝母親殺し〟よ」

私は驚いて、息を止めた。そんな話、聞いたことがない。

「そ、それは王太子によって流された嘘《うそ》とかじゃ……」

「いいえ。ディランが五歳の時、本当に起こった事件なの。ディランの魔力が暴走し、それに巻き込まれて母親が死んだ。彼が本当に母親を殺そうとしたのか真実は分からないけれど、その事件から彼が王宮で孤立《こりつ》したのは間違《まちが》いない」

「え、え⁉　でも、ディラン様のお母様はご病気でお亡《な》くなりに……」

「そういうことにしているらしいわ。――肝心《かんじん》のディランが、何も覚えていなかったから。

王家はこの事件を秘密裏《ひみつり》になかったことにしたの」

解離性健忘《かいりせいけんぼう》という症状《しょうじょう》がある。心因性《しんいんせい》のショックで一時的に記憶が失われるというものだ。

そうか。ずっと、ディラン様が自分の魔力を疎《うと》んでいた様子だったのは、母親を傷つけた過去がトラウマになっていたからだ。たとえ記憶を失っても、その事実が彼を蝕《むしば》んでいた。

「ディランは、ラプラスによってその過去を思い出す。彼自身が、心を守るために封印《ふういん》した記憶を。そうなれば彼は自我を保てず瓦解《がかい》する。それで……ここまで彼を追い込んだ貴女は、どうするの？　ディランと共に彼の過去でも見る？　だからと言ってもう助かる保証はないけど」

「過去を一緒《いっしょ》に見る……？　そんなことできるの？」

「人の心と心を繋げばいいだけ。助けるのは貴女。ただとても危険な賭けよ」

クララが嘘《うそ》をついているようには見えない……だが。

「……ラプラスに従う貴女が、私に手を貸す理由は何？」

クララは一瞬言い淀《よど》んでから、口を開いた。

「……兄を、助けるため。兄は、前世の記憶を思い出してから、人が変わったように過去の因縁《いんねん》に固執するようになった。そのために王家まで狙ってる。私のことだって、妹として見てない。昔はあんなに優《やさ》しかったのに……。――私はかつての兄を取り戻したい。だから、ディランをラプラスの器にするわけにはいかないの」

「……」

「信じるか信じないかは貴女次第《しだい》よ。でも、ここで私を利用しないとディランは助けられない。利害は一致《いっち》していると思うけど？」

彼女は、私を試《ため》すようにじっと見つめてくる。

眠るディラン様を見た。どう考えてもいい状態とは言えない。

アリアが懸念《けねん》していた通り、ディラン様は闇堕《やみお》ちし、私は彼を救えるか救えないかの瀬《せ》戸際《とぎわ》にいる。ヒロインですらできなかったことが、私にできるのかしら。

――違《ちが》う。救うのだ。なんとしてでも。私がきっかけで彼が闇の中にいるのなら、絶対に私が救い上げてみせる。

私はキツく目を瞑り、覚悟《かくご》を決めてクララを見つめた。

「私と、ディラン様の心を繋げてほしい」

「貴女が、壊《こわ》れる可能性もあるよ。人の心の中に入るのは、それだけ危険なことなの。一歩間違えれば、ディランの心に呑み込まれて、貴女も闇に堕ちる」

「うん」

「もしディランが心の中に貴女を閉じ込めれば、貴女は二度と戻れない。ずっと、ずっと、魂が消滅《しょうめつ》するまで、一緒。それでも、行くの？」

クララは忠告をしているわけではない。ただただ問うている。私に覚悟があるのかどうかを。

「行くわ。愛《いと》しい人のためなら、一緒に堕ちるのだって本望《ほんもう》だもの」

私の答えにクララは頷き、そっと私の頭に手を触れる。

「目を閉じて。肩の力を抜いて、リラックス……そう。ディランの手は離さないでね。貴女は今から三秒後、己《おのれ》の深淵《しんえん》を覗《のぞ》く——三、二、一」

目を開けた瞬間、飛び込んできたのは幼いベルティーアの顔だった。幼少期死ぬほど見たその顔に驚いて身体を起こす。

「だ、だれ……？」

「いや、どう考えても貴女自身でしょ」

呆れたようにため息をつく少女は、あっけらかんと言い放った。当たり前でしょ、みたいな顔で言われても全く状況が理解できない。

彼女は小馬鹿にするように鼻で笑って、ゆっくり立ち上がった。

「貴女が今どうしてここにいるのか、覚えてる？」

「……えっと、ディラン様を助けるために、クララの力を借りて……」

「記憶は大丈夫そうね。ここがどこか、分かる？」

いや、全然分からない。ディラン様と心を繋げるとしかクララからは言われていない。

混乱する私を置き去りにして、彼女はくるりと辺りに目を向ける。それに従うように私も視線を巡《めぐ》らせれば、驚くような光景が広がっていた。

ふかふかのお姫《ひめ》様みたいな天蓋付きのベッドがあると思えば、何故《なぜ》か剣道部《けんどうぶ》だった時に使っていた防具や竹刀《しない》が丁寧《ていねい》に飾《かざ》られている。室内かと思えばそうではなく、地面には花が咲《さ》き乱《みだ》れているし、空は青い。しかも私が着ている服は、制服ではなくディラン様からもらったドレスと靴《くつ》だった。

他にも見覚えのあるものが沢山《たくさん》転がっている。家族旅行で行った島で買った風鈴《ふうりん》だとか、お気に入りのティーセットだとか。

「私の心の、中？」

「ふうん、察しがいいのね」

ベルティーアはゆったりとおしゃれな椅子に座って紅茶を飲み始めた。

「そう。ここは貴女の心の中。精神世界だとか色々言い方があるだろうけど、根本は同じ。〝私〟という存在を形作るものすべてがここに集まっている。例えば、地面に咲く花はディラン様が魔法で作る花だし、天蓋付きのベッドは貴女のお気に入りの寝具《しんぐ》で揃《そろ》えてある」

記憶に残るほど大切なものから、些細《ささい》な好みまで私の好きなものがこの空間に詰め込まれている。前世も今世も含《ふく》めて〝私〟のすべてを構成しているものたちだ。

「じゃあ、貴女は私ってこと……？」

「そうとも言えるけど、厳密には違う。私はこの世界の管理人。貴女が自我というものを保つための本能のようなもの。悪意を排除《はいじょ》し、己を守る。貴女の一部ではあるけれど、私に自我はないから」

「えっと、うーん、心の健康を保つ役割を担《にな》ってるってこと？」

「そうね。分かりやすく言えば」

「な、なるほど」

深いことは考えずにそういうものか、と思うようにした。

「えっと、ディラン様を救いたいんだけど」

「そんなすぐ心が繫がるわけがないでしょ。迎《むか》えがくるまで時間がかかるわ。それまでゆっくりしてなさい」

心の中にいるベルティーアは随分《ずいぶん》と落ち着いた様子で、優雅《ゆうが》にティータイムを楽しんでいる。

私はソワソワとしながら、彼女に話しかけた。

「ずっと気がかりだったことがあるから聞いてもいい？」

「ええ。ここであったことならなんでも知ってるわよ」

「……ベルティーアは、どこへ行ったの？」

ずっと、気になっていた。前世を思い出してから、ずっと。

ディラン様に出会って、死ぬ前の記憶を思い出して、我《わ》が儘《まま》で自分至上だったゲーム内のベルティーア・タイバスは消えた。

もしかしたら、前世でもなんでもなく、ただ私がベルティーアの身体に憑依《ひょうい》しただけなのではないかと考えたこともある。だけど、どうしてもこの身体に違和《いわ》は感じられなくて、その直感が正しいのかも分からなかった。

たとえ没落《ぼつらく》する運命だったとしても、一人の人生を変えてしまったのではないか、と不安を覚えることがなかったかと言えば嘘になる。

「答えは出ているくせに、私に訊《き》くの？」

幼いベルティーアの言葉に、思わず肩を震わせた。

「ベルティーア・タイバスは、生まれた時から、ずっと貴女一人よ。幼少期に我が儘娘《むすめ》だったのも貴女、前世を思い出したのも貴女、ディラン様に恋《こい》をしたのも貴女。ゲームって何？　前世って何？　貴女は一体どこで生きてるつもりなの？」

彼女の言葉に私は何も言い返せなかった。

「せっかくだから、私の宝物、見せてあげようか？」

黙《だま》り込む私を見て、ベルティーアは笑う。ティーカップをソーサーに戻して、くるりと私に背を向けた。

「宝物？」

「そう。貴女が絶対に奪われたくないと思うもの。大切にしたいと願っているもの。それを私が守ってるの。貴女の命令でね」

「私が本能的に、守りたいと思ってるものってこと？」

「うん」

なんだかいちいち回りくどいな、なんて思ってしまうが、自分自身に言ったってどうしようもないので黙っておく。

「こっちよ」

ベルティーアは軽《かろ》やかに歩を進めながら、時折こちらを振り向いた。お花畑に物が散乱する様子はガラクタが捨てられているようにも見えるけど、不思議と居心地《いごこち》が良かった。

「これ、なんだと思う？」

「お気に入りの手鏡、かな」

「そう」

アンティークな可愛《かわい》らしい手鏡を手に取って、ベルティーアは突然《とつぜん》それを私に向けた。

瞬間、光が鏡に反射して目が眩《くら》む。

「……っ、え？」

咄嗟に目を瞑り、恐る恐る目を開ければ今度は違う空間にいた。赤い薔薇《ばら》の咲き乱れる妖《あや》しい雰囲気《ふんいき》のある場所だ。

気が付けば幼いベルティーアも側にいて、薔薇に埋もれていた大きな箱のようなものを開けようとしていた。

「もしかしてその中に私の宝物があるの？」

「そうよ」

「わざわざ空間を変える必要ある……？　あの明るい場所に置いとけばいいのに」

「心の間取りは本人しか変えられないのよ。文句なら自分に言いなさいな」

もっともなことを言われ、ぐっと言葉に詰まる。でも、心の中なんて人生で初めて認識《にんしき》したし、意識したことのないものだから間取りの変え方なんて分からない。

「よい、しょ。ほら、鍵《かぎ》を開けたから確認してみて」

「いいの？」

「自分の物でしょ？」

ベルティーアに促《うなが》されて大きな箱の前に膝《ひざ》を突く。私の宝物。一体、どんなものが眠っているのだろう。

ちょっぴりワクワクしながら箱に手を掛けた瞬間、それがただの箱ではないことに気付く。

「これ、棺桶《かんおけ》……？」

ゾワッと背筋が凍《こお》る。自分の深層心理に死を連想するものがあることに、言いようのない不気味さを覚えてしまった。

「どうしたの？」

「……ううん。なんでもない」

手が止まった私にベルティーアが不思議そうに声をかけた。気を取り直すように首を振って勢いよく箱を開く。もしかしたら、自分の前世の死体か？　それとも人骨とか……。なんて想像して感じていた恐怖心《きょうふしん》は、すぐに吹《ふ》き飛んだ。

「ディラン様……」

棺桶に寝かされていたのはディラン様だった。隙間《すきま》を埋めるように敷き詰められた真っ赤な薔薇が血の色に見えて鳥肌《とりはだ》が立つ。

「……重っ……」

好きな人を心の中でとはいえ、棺桶に詰めるとはどういうことだ。一体どういう心理状態なんだ……？

死ぬまで一緒にいたいとか、死ぬほど好きとかそういうことだろうか。

――自分で察している時点で答えは出てしまっている。

「私って、こんなに激重《げきおも》な愛情を隠してたの……？」

「あら、今気付いたの？」

「棺桶って怖すぎでしょう……。こんな婚約者《こんやくしゃ》イヤだ……」

がっくしと肩を落として項垂《うなだ》れる。何より自覚がなかったことが怖い。

「ベル、来てくれたの？」

不意にかけられた声に、思わずそちらを振り向いた。棺桶に入って眠っていたはずのディラン様が起き上がって私を見ている。

ふんわりと上品な微笑み、艶々《つやつや》した髪の毛。すべてがディラン様本人であると錯覚《さっかく》するほどリアルだった。

「ずっと、君に会えることを心待ちにしていたよ」

彼の手のひらが私の頬を撫《な》でた。その手に頬を擦《す》り寄せる。

「私、ディラン様を救えるかな」

「ベルならできるよ」

思わず微笑むと、彼もつられて笑った。

「私、頑張《がんば》るね」

「頑張って、ベル」

このディラン様は、私の作り出した幻想《げんそう》で理想の王子様。いつまでも、幻想に甘えてい

うわぁ…!?

てはいけない。棺桶に座り込んだままのディラン様をぎゅっと抱きしめた。

後ろで黙っていたベルティーアが問いかける。

「もういいの？」

「うん。元気出た。今は本物のディラン様に会いたい」

「随分と図太い神経してるわね」

ディラン様を離して立ち上がる。自分の手のひらを見れば、うっすらと透《す》けていた。

「もうお別れ？」

「そうね。繋ぐための橋ができたみたい」

「そっか。ありがとう」

「私は大したことしてないわ」

幼い姿のベルティーアは、ディラン様の頭を撫でながら思い出すように目を瞑った。

「前世を思い出してから、〝私〟は幾度《いくど》となく不安と恐怖に襲《おそ》われた。未来を知っている、ということは素晴《すば》らしいようでいて、とても辛《つら》いこと。他人の運命も、自分の運命も、すべてを考えなくてはいけなかった。そんな中でも、〝私〟はよく頑張ってる」

身体が透けて、もういよいよ意識が浮上《ふじょう》するのだとなんとなく感じられた。微睡《まどろ》んでいるように彼女の声もぼんやりとしか聞こえない。それでも、なんとか理解しようと耳を澄《す》ませる。きっと彼女は、私よりも私を知っているから。

「貴女は人を愛せる人。だから、自分のこともディランのことも他の人のことも、沢山沢山愛してあげて。愛せることは、幸せなことよ」

幼い姿をした〝私〟はふんわりと笑って手を広げた。

「大丈夫。不安にならないで。〝私〟なら、なんだってできるわ」

この子は私自身だ。だから、彼女の言葉に意思はない。すべては私が言わせていること。だけど、それでも。不覚にも泣きそうになってしまった。


潮の匂《にお》いが鼻を擽《くすぐ》る。

自分がいる場所が浜辺《はまべ》であるということに気が付くのは早かった。浜辺のところどころにあるゴミや色の濁《にご》った海は、お世辞にも美しいとは言い難《がた》い。

「ようこそおいでくださいました。心から歓迎《かんげい》いたします」

凛《りん》と響く声に後ろを振り向く。そこにはゆったりとした白いドレスに身を包んだ美しい女性がいた。金色の瞳が印象的で、目が離せない。

「えっと、貴女は……」

「私はクララです。ここはクララの心の中。私の能力は、心の橋渡《はしわた》しですからここはただの通過点だと思っていただいてかまいません」

クララは先ほどと打って変わって、ハキハキと丁寧な言葉遣《づか》いで話した。別人のようなその姿を、思わずじっと見てしまう。

「あ、ごめんなさい。ジロジロ見てしまって……」

「いえいえ、貴女が驚くのも無理はないのですよ」

クララは優しく温かい声で言い、ふんわりと笑った。

「ベルティーア様。貴女には、前世の記憶がありますね？」

突然言われた確信的な言葉に、がちりと固まる。その一瞬の沈黙《ちんもく》が肯定《こうてい》だと取られないよう、慌てて否定した。

「いえ、私は」

「隠さなくてもよいのです。わたくしは人の記憶を知ることができるものですから、初めから知っています。質問が意地悪でしたね」

クララは申し訳なさそうに眉《まゆ》を下げて謝った。

「心の中という神聖な場所には、持ち主個人の思い出や幸せ、はたまた夢や不安だったこと恐ろしかったこと、様々なものが詰め込まれています。ここは王都から遠く離れた辺境の地。人々に忘れられた浜辺です」

「なぜ、そんな場所が……」

私の心の中は沢山の物で溢れていた。好きな物、気に入った物、思い入れのある物が沢山あった。

「兄と見たこの海が、わたくしにとってとても素晴らしいものだったからです。ここに転がっているおもちゃは一見不要なもののようですが、兄が幼い頃《ころ》作ってくれたものなんです。――今は、随分と風化して、心も汚《よご》れてしまいましたが」

海に沈《しず》む夕日が、私たちを照らす。さっきから沈む気配のないその太陽はまるで静止画のようだ。

「前世というものは、誰にでもあるのです。クララにもラプラスにも、もちろん、ディランにも」

クララは沈まない夕陽《ゆうひ》を見てそっと目を細めた。

「クララの心は前世の存在であるわたくしが管理をしています」

「えっ、貴女はクララではないんですか？」

「クララの前世……と言った方が正しいですね。クララ本人は、兄がガルヴァーニの記憶に飲まれてから塞《ふさ》ぎ込むようになってしまいました。でも、貴女を見て少し希望が湧《わ》いたようです。クララが兄を助けようと言い出したのは実に数年ぶりなんですよ。つい最近まで、諦めていたようでしたから」

クララは寂《さび》しそうに微笑む。

「クララは前世のことを覚えているのですか？」

「いいえ。基本的に、前世を思い出すことはありません。なぜなら、前世とは今現在の通過点でしかないからです。魂が新たな人生を歩むのに、前の記憶は必要ない」

「……逆に言えば、私が前世を思い出したのには、意味があるということでしょうか」

「そうですね。貴女の魂が思い出すことを選んだのです」

まっすぐこちらを見つめるクララの視線を、私は逸《そ》らすことができなかった。

「貴女にはこれからディランの記憶を追体験してもらいます。貴女の気配を感じた方が彼も多少は安定するでしょう。ですが、それだけでは不十分です。貴女が、ディランを取り戻さなければなりません。なんとしてでも、生きる理由を与えてあげてください」

「生きる、理由」

「ディランは自分で自分を愛してあげられない。故《ゆえ》に貴女が愛してあげるのです」

クララの言葉に、私は力強く頷く。

「ディランの激情に呑み込まれてはいけません。呑み込まれれば、貴女は一生彼の魂に縛《しば》られます」

恐ろしいことをさらりと言いながら、彼女は手を翳《かざ》してブラックホールのようなものを作り出す。もしかして、この中に飛び込まなければならないのだろうか。

「この奥に、ディランの魂があります。まっすぐ歩いて、決して後ろを振り返らないように。ディランへの悪意など持ってはいけませんよ。すぐに弾かれてしまいますから」

悪意って、なんだろう。そんなもの持ったことないけど……。

少々不安にかられながらブラックホールの目の前に立った。ふわりと微笑んだ彼女に背を向けて、暗闇《くらやみ》に踏み出す。

「貴女の未来が幸《さち》あるものでありますように」

この言葉を最後に、世界は暗闇に包まれた。後ろにあった夕日の光も感じず、前に進むしかないことを悟《さと》る。

冷たい空気を肌《はだ》で感じながら、今はディラン様を救うために歩みを進めた。

突然目の前に現れたのは真っ白な窓ガラス。いや、違う。窓ガラス越《ご》しに見える雪だ。美しい白の結晶《けっしょう》は眼前をハラハラと舞《ま》う。ほうっと感嘆《かんたん》のため息をつけば、白い息が窓を曇《くも》らせた。

不意に窓ガラスに映った自分の姿にハッと息を呑む。美しい金髪《きんぱつ》に、溢れそうなほど大きな青い瞳。透けるような白い肌に、子ども特有の体温の高さゆえか、ほんのりと頬は薔《ば》薇色《らいろ》に染まっていた。

ディラン様だ。これは、ディラン様の幼少期だ。

本当に追体験というのが相応《ふさわ》しい。ディラン様が見た景色、感じた体温がすべて伝わってくる。

（お兄様はまだかなぁ）

ぽつりと脳内に浮かぶ幼い感情は、きっとこの頃《ころ》感じたディラン様の気持ちそのものだ。呑み込まれるな、とクララに言われたことを思い出す。

「ディラン、待たせたな」

「お兄様！」

自分の意思とは関係なく、幼い声と身体が動く。嬉々《きき》として〝お兄様〟に抱きついた。

「冷たくなっているじゃないか。ほら、暖炉《だんろ》で暖まりなさい」

「ううん、全然寒くありません！　お兄様、お兄様！　遊びましょう！　ディランはとっても楽しみにしてました！」

視界に入ったお兄様は、当然だけど王太子の幼い姿。昔は仲が良かったのかと驚く。しかしすぐに、その驚きを覆《おお》い隠すほどの喜びに包まれた。これは、ディラン様の感情だ。

兄に会えたことを心から喜んでいる。

「こら、ディラン、自分のことは私と呼びなさい」

「どうしてですか、お兄様」

「お前は王族なのだから、しっかりマナーを身に付けなければいけないよ。おれ……私も先生から教えていただいたんだ」

「お兄様はいつも、おれって言いますよ。ディランもそうします！　お兄様と一緒がいい！」

「ははっ、参ったな」

まだまだ小学生にも満たないであろうディラン様と、小学校低学年くらいのギルヴァルト王太子殿下《でんか》。その姿は端《はた》から見れば仲むつまじいものだろう。ディラン様から見る兄の愛情も本物だ。

惚《とろ》けた甘い瞳がディラン様を見つめる。

（お兄様、いつも優しいお兄様。大好き）

追体験だとは分かっているが、未来の二人を知っているだけに辛くなる。しかも、この記憶をディラン様は意図的に封印したのだ。一体、これからどんなことが起こるのか。共感しすぎると、こちらが危ない。

パチパチと火の燃える音と談笑《だんしょう》する兄弟《きょうだい》の声。切なくなりながら、幼いギルヴァルト王太子を見ていると、突然世界がぐにゃりと回った。

なんだなんだと周囲を見回したいが、身体は私のものではない。目の前にはまた窓があって、ディラン様は庭にいる女性を見つめていた。

赤みがかった髪の、ディラン様と同じ青い瞳を持つ美しい女性がゆったりと花を愛《め》でている。貴族の娘が花を愛でるのはそう珍《めずら》しいことではない。園芸は貴族の数少ない趣味だ。

（お母様はまた花を愛でている。おれではだめなのかな）

悲しみの感情が、心を占《し》める。子どもの感傷はあまりにもまっすぐ心に刺《さ》さる。私の感情ではないと必死に自分に言い聞かせた。

（お花……作ってみようかな）

ディラン様はふと自分の手を見て、魔力を込める。美しい花が咲くイメージを、脳内で展開した。

光の粒《つぶ》が花を形作ろうと手に集まるが、すぐに散り散りになる。

「……だめかぁ」

（じゃあ、お花を摘《つ》んで、花束にしてあげよう）

ほんの少し心が軽くなり、すぐに喜びで溢れた。

（そうだ！　そうだよ、どうして今まで思いつかなかったんだろう！　お母様にお花をプレゼントすればいいんだ！）

ぱぁっと笑顔《えがお》を咲かせ、慌てて花を摘む準備を始める。

（そうだ、お兄様も誘《さそ》ってみよう！　きっと楽しい！）

ウキウキした気持ちは、突然ブツリと途切《とぎ》れた。

一瞬真っ暗になった後、パンッと肌を裂《さ》く音が耳の奥で響いた。次いで感じる痛み。

幼い身体はあっけなく床《ゆか》に倒《たお》れ、呆然《ぼうぜん》と自分の頬を叩《たた》いた母を見上げる。

（なんで、どうして。お花を、あげたかっただけなのに。お母様の大好きなお花だよ？どうして喜んでくれないの？）

「おか」

「私を母と呼ばないで！　お前の母親になったつもりなど微塵《みじん》もない‼」

「……、ごめ、ごめんなさっ……」

拒絶《きょぜつ》された悲しみと、突然頬を叩かれた驚きに目からは涙が迫《せ》り上がり、ぼろぼろと頬を濡らす。

「本当なら、お前みたいな化け物じゃなくて、もっと、もっと尊い彼の子を産むはずだったのに……っ」

虚《うつ》ろな瞳で母は肩を震わせた。しかしそれも一瞬で、すぐさまこちらを睨《にら》んだ。

「気持ち悪い気持ち悪い気持ち悪い！　こんな化け物が私の腹から生まれただなんて信じたくもない‼」

母はおれの胸《むな》ぐらを摑んで、部屋の外に放り出した。幼い身体は面白《おもしろ》いほど簡単に転がる。

（お母様、お母様。どうして、どうしてそんなことを言うの？　おれはただ、お母様に喜

んでほしかっただけなのに)

は「ディラン殿下、シャーロット様はご気分が優《すぐ》れないのです。どうかお気になさらず」

母の部屋を追い出されたおれに声をかけたのは母の側付《そばづ》きだった。張《は》り付けたようなそんなにっこりした顔の顔がぐにゃりと歪《ゆが》んで、とても気持ち悪いものに思えて仕方がなかった。

「できた！」

一晩かけて完成させた魔法道具。これなら、きっとみんなすごいって言ってくれる。よくやったって！

完成したことが嬉《うれ》しくて、褒《ほ》めてもらいたい一心で大慌《おおあわ》てで兄の元へ走った。兄に一番初めに見てほしい。だってお兄様はいつだっておれを愛してくれるから。

「お兄様、お兄様！」

「そんなに急いでどうしたんだ、ディラン」

勉強の途中《とちゅう》だったお兄様は、嫌《いや》な顔をせずおれを迎えてくれた。お兄様のお母様は怖い人だけど、お兄様は優しい。

「見て、見てください！　これ、魔法道具なんです。ここを押したらこうやって、ほら、光るんです！」

お兄様は驚いたように目を見開いてしばらく固まった後、ゆるりと口角を上げた。

「……お前はすごいな、ディラン」

「お父様にも見せてきますね！」

おれがそう言うと、お兄様はおれの頭を撫でるのを止めて、行っておいでと背中を押してくれた。

お父様は運よく庭を歩いていた。いつもはお忙《いそが》しいのに、とおれは急いで駆け寄る。

「お、お父様！」

声を上げれば、お父様と複数の護衛がこちらを向く。お父様がおれに反応してくれたことが嬉しかった。

「どうした、ディラン」

「あ、えっと、ぁの、魔法道具を作ったんです」

ボソボソとなんとか伝えたかったことを話す。お父様はしばらく黙った後、くしゃりとおれの頭を撫でた。

「よくやった」

たった一言。それだけ言うと、お父様はくるりと背を向けて去ってしまった。それでも、十分だ。

心がぽかぽかと温かくなって、またこの感情を味わいたいと思った。もっともっと頑張れば、きっとみんな喜んでくれるのだ。

目の前にあったはずの美しい庭園の景色が歪み、そのまま目が回るように頭がぐわんっと揺《ゆ》れる。

何が起きたのか、一瞬理解できなかった。

(なぜ、おれは叩かれたのだろう)

揺れる視界をなんとか治めて、顔を上げる。目の前には仁王立《におうだ》ちし、怒《いか》りに震えるお母様。足元には、お母様のためを思って作った魔法道具があった。

(お母様へのプレゼント、だったのに)

なんとかお母様に喜んでほしくて、魔法道具《まほうどうぐ》を拾ってもう一度渡《わた》した。

「おれ、頑張って作りました。お母様はきっと気に入っ……」

言葉は最後まで続かなかった。今度は、逆の頬を叩かれた。しかも、叩かれた拍子《ひょうし》に指が目に当たって痛い。

「なんてものを……なんてものを私に与えようとしてくるの⁉」

お母様はおれの胸ぐらを摑んで、思い切り壁にぶつけた。背中と頭を打ち付け、痛みで朦朧《もうろう》とする。我慢《がまん》できずに、涙が零れた。

「う、うわぁぁあぁん！」

「泣くな！」

お母様に怒鳴《どな》られても、涙が止まることはなく、むしろ悪化するだけだった。

（こわい、こわい、悲しい、痛い。怒《おこ》らないで。怒らないで、お母様。ごめんなさい）

「うるさい、うるさいうるさい！　私は悪くない！　全部全部お前が悪いんだ！　この化け物っ！」

泣き叫ぶ子どもの声と、母親の怒号《どごう》。

取り乱したお母様は、近くにあったナイフに手を伸《の》ばし、思い切り振り上げた。

「あぁ、もう嫌……死にたい。なんであんな男の側室なんかにならなきゃいけなかったの。私は、彼と一緒にいたかっただけなのに！　あぁ、レオン、ごめんなさい。汚れた私を許して」

大泣きしていたおれの目に映った、その凶器《きょうき》。本能が、殺されると叫んだ。

おれは、お母様に殺されるほど、憎《にく》まれていたのか。

化け物じゃない。おれは、化け物なんかじゃない。ただ貴女に愛されたいだけだった。

「アンタなんか産みたくなかった！　死ねばいいのに！　早く私の前から消えて！」

思わずお母様を振り払った。殺されると、思ったから。しかし恐慌《きょうこう》状態のお母様に、正常な判断ができるはずもなく、お母様は自分の心臓にそのナイフを突き立てた。視界が赤く染まる。

この時の絶望を、どう表せばいいかおれは知らない。ただただ腹の底から湧いてくるようなナニカを、止められない。

眼前に、光が走った。それは、まるで雷《かみなり》のようだった。白い光に包まれながら、すべて夢であればいいのにと願った。

——俺に母はいなかった。

母は俺を産んだ瞬間に儚《はかな》い人となってしまった。

故《ゆえ》に、俺は母の愛を知らない。

誰かの心が、グシャリとひしゃげる音がした。

水中に潜《もぐ》っていたようにぼんやりとしていた意識が一瞬で引き揚《あ》げられる。

まるで自分が感じたように身体中を痛みが襲った。あらゆる艱難辛苦《かんなんしんく》が、私の心を締め付ける。

私がこれだけ苦しみを感じているということは、ディラン様はその倍、この感情を直《じか》に感じているはずだ。

気が付けばディラン様の記憶の中ではなくて、暗い深海のような場所にいた。上も下も、闇ばっかりだ。もしかして、これがディラン様の心の中なのだろうか。

真っ暗で、何もない。悲しいほどに冷たいだけ。

ふと、眼下に光が煌《きら》めいた。反射的に下を見れば、ぼんやりとした明かりとそれに照らされる人物。

暗闇の中、光に照らされた人がゆっくりと顔を上げた。昏《くら》い、昏い瞳が鈍色《にびいろ》に光る。

いつもは宝石のように輝《かがや》く瞳が、闇に沈んだようにどす黒い。

ディラン様！

叫んだつもりなのに、声は届かない。空気がないみたいに音が届かないのだ。思い切り伸ばした手は、何かに弾かれた。気付いた時には物凄《ものすご》い力で後ろに引っ張られて、ディラン様から遠《とお》退《の》いていく。

待って、私はまだ……っ！

「あら、こんなところにお客さんなんて珍しいですね」

その時、突然目の前に二人の子どもが現れた。

一人は特徴的《とくちょうてき》な菫色《すみれいろ》のつり目に、緩《ゆる》やかなウェーブを描《えが》く髪の美少女。もう一人は、金髪に碧眼《へきがん》の麗《うるわ》しい美少年。どう考えても私とディラン様だった。

呆然と二人を見ていると、自分のいる場所がさっきの真っ暗な世界ではなく明るい場所だと気付く。

ゆっくりと辺りを見渡《みわた》すと、見たことのある庭。二人で遊んだ秘密基地だった。薔薇が咲き乱れ、無造作《むぞうさ》に草が生えている。テーブルも椅子も変わらなくて、数年前にタイムスリップしたみたいだ。

「来ちゃったんだね、ベル」

少年のディラン様が立ち上がってうっすら笑った。そして少女に手を差し出して椅子から立たせて上げる。少女はにっこりと微笑んだまま迷うことなくその手を取った。

私のはずなのに、全然雰囲気が違う。すごく女の子らしいというか……。自分なのにお上品というか。

「ありがとう、ベル。でも本物が来ちゃったから」

少女の私は笑ったまま了解《りょうかい》したように頷いてすっと消えていった。

「俺の世界へようこそ」

腕《うで》を広げて、演技がかったような声色《こわいろ》でディラン様は言った。顔や体格は少年そのものなのに、表情だけが酷く大人びている。

「だけどね、いくらベルだからって俺の心にはあまり入ってほしくないなぁ」

にこにこと微笑みながら少年は続ける。

「聞かせてよ。ねえ、何しに来たの？」

晴天が一転して曇《くも》り空《ぞら》に変わった。

ディラン様の心の中だから天気もすべて自由自在のようだ。薔薇の茎《くき》も一気に伸びて逃《に》げ道を塞ぐように私を覆った。

私は小さく息を吸い込んで、笑う。

「貴方《あなた》に会いに来ました。この通り、身一つで」

私は無防備であることをアピールするように腕を広げた。

ここで傷つくと精神に響くのかな。分からない。今はただ、ディラン様を連れ戻すことだけを考える。

「あは！」

鋭《するど》い笑い声がした。

「あはは！　馬鹿だねぇ。俺はディランじゃないよ。ただの管理人。本体はあっち」

少年がおかしそうに笑い、いつの間にか背後に現れた扉を指差した。パチンッと指を鳴らすと扉が開く。扉の奥は真っ暗で、まるで先ほど見たブラックホールみたいだった。

「どう？　すごいでしょ。もう真っ黒。堕ちるとこまで堕ちてるの。怖いよね。呑み込まれちゃうよ」

クスクスと愉快《ゆかい》そうに笑いながら少年は狂喜《きょうき》を浮かべる。ぽっかりと開いた真っ暗なその闇に、本能的な恐怖を感じた。近づいては駄目だと心が警鐘《けいしょう》を鳴らす。

無意識に足を一歩後ろに引くと、ぐんっと扉の方に引っ張られた。

「え」

踏《ふ》ん張《ば》る暇《ひま》もなく、扉の中から伸びてきた鎖《くさり》のようなものに腰《こし》や腕を巻かれて引き込まれそうになる。ひっ、と短い悲鳴が漏《も》れた。

「落ち着けよ。ホントに弱いなぁ」

少年がもう一度指を鳴らすとバタンッと扉が閉まった。と同時に鎖も消える。

ふらふらと座り込んでしまった私を少年は屈《かが》んで覗き込んだ。

「ね？　止めといた方がいいよ。ここは君みたいな人が来る場所じゃない」

私の頬を両手で包んで、少年はにっこり笑う。

分からないよ、ディラン様。私、言ってくれなきゃ分からない。

知りたいんだよ。ずっと隠そうとするじゃない。何も教えてくれないじゃない。不安も苦しみも辛い過去も、一人じゃ耐《た》えられないから貴方の世界はあんなに暗いんじゃないの？

「独りの世界は、寂しくありませんか？」

ピクリと少年の手が震えた。

じっと青い瞳を見つめていると、瞳の奥が動揺《どうよう》したように揺らいだ。図星だと確信する。

「本当は自分を知ってほしいんでしょう。でも、怖い。嫌《きら》われてしまうかもしれないって恐れてる」

「違う。そんなのじゃない！　俺はただ……」

「自分を守るのは悪いことではありません」

頬に当ててあったディラン様の手を今度は私が両手で包み込む。

「ですが、変わりたいのなら進むしかない。ディラン様、本当にこれでいいんですか？　お互《たが》いを本当に知らないまま、このまま終わりますか？　これは最初で最後の、最大のチャンスですよ」

ゆらゆらとディラン様の瞳が潤《うる》んだ。

ああ、この眼《め》は見たことがある。

きっと彼は幼い頃から変わっていないのだ。精神が脆弱《ぜいじゃく》なまま、大人になった。

私はゆっくりと立ち上がって、扉に近づく。

ドアノブに手をかけると開けろと言わんばかりに扉が激しく震え出した。

「やめて！」

後ろから悲鳴のような声がして、思わず振り返る。

「お願い、俺を暴《あば》かないで。だって、ベルだって、本当の俺を受け入れてくれるか分からない。拒絶されたら怖い。だから、止めて。怖い。怖いよ」

目に涙を浮かべながらディラン様は懇願する。しかし、引くつもりは毛頭《もうとう》なかった。

だって、貴方を救うために、知るために私はここに来たのだから。

「私だって、自分を犠牲《ぎせい》にするつもりで来ていますよ」

誰しも、触れてほしくない心の柔《やわ》い部分を抱えながら生きている。それを暴くのは、きっと褒められた行為《こうい》ではないし、その人自身を壊してしまうような危険な行為だ。

それでも時として、それが悪だと分かっていても、その人の心に触れなければならない時がある。嫌われ、罵倒《ばとう》されることを覚悟し、それでも折れない強さと覚悟をもって相手と向き合わなければならないのだ。

「もし、もしもベルが……俺を受け入れられなかったら……？」

ぶわりと風が吹いて髪が巻き上がる。空はいよいよ暗くなり、雨が降りそうだ。

「逃がさない。逃がさないよ。俺から逃げるなんてそんなことさせない！」

一瞬、大人のディラン様と姿が重なった。

「じゃあ、こうしましょう」

私は小指を立てて約束をする時のように彼に突き出した。

「受け止めきれない時は、私も一緒に堕ちてあげます」

ディラン様の表情が一変した。驚きを隠さず、ぽっかりと口を開けている。私の我《わ》が儘《まま》で心を暴く分、それに伴《ともな》う危険も責任も、ちゃんと取る。

ディラン様は硬直《こうちょく》したまま動かない。

「大丈夫です。向き合うのは恐ろしいことではなく、少し痛くて少し苦しくて、それでいて泣きそうなくらい温かいものですから」

未《いま》だ驚いた顔をしているディラン様に笑いかけ、私はドアノブをがちゃりと回した。

そこは、暗い暗い、底なしの沼《ぬま》みたいな場所だった。

何かがあるわけではなく、ただただ暗いだけ。おそらく、ディラン様の記憶を見た後に来た暗闇と同じ場所だ。

急速に落下していくのを感じたのも最初だけで、後からは落ちているのかすら分からなくなった。でも足は地に着かないし、自分の声すら聞こえない。

ふと下を見てみると、ぼんやりと明かりのようなものが見えた。

これが、ディラン様の衷心《ちゅうしん》。彼の本性《ほんしょう》。すべては、ここから来ている。

私の心は思い出から作られていたけれど、ディラン様は違う。本当に何もない。空っぽだ。

唯一あるとすれば、扉の前にあった秘密基地と、私の身体に纏《まと》わりついてくる生暖かい風。暗闇の中でも、その風だけはずっと私に付きまとってくる。

徐々《じょじょ》に明かりが鮮明《せんめい》になり、中央に人がいるのがはっきり見えた。ディラン様を守るように蝋燭《ろうそく》のような灯《あか》りが周囲を照らしている。

ふわっと身体が落下速度を落とした。風がするすると私を巻き込んで、上手《うま》く着地させてくれる。ディラン様からは数メートル離れていた。

「あっ、んん？　あー」

声が出る。

さっきまで空気がないように自分の声すら聞こえなかったのに、よく声が響いた。

私は一つ息を吞むと、ディラン様に近づいた。しかしその途中で、ふと身体が止まる。

自分の意思じゃない。ただ、身体が動かない。

もしかして、拒《こば》まれてる……？

驚いてすぐ側までいるはずのディラン様を見た。今度は顔がはっきり見えて、彼の惨《さん》状《じょう》がよく分かる。

両膝をついたディラン様の足元からは真っ赤な薔薇が蔓《つる》を伸ばし、彼の手足に巻き付いていた。その蔓は首まで及《およ》び、彼の顔さえ傷つけようとしているのか、鋭い棘《とげ》が生えている。所々に咲く真っ赤な毒々しい花は、一瞬ディラン様の血かと思ったほどだ。

金色の髪は灯りに照らされて絹糸のようにさらさらと顔を覆い、前髪《まえがみ》から覗く青い瞳は闇より深くぼんやりと足元を見つめているだけ。

身体が動かないことはいったん置いておいて、話しかけてみることにした。

「……ディラン様──っきゃあ⁉」

たった数文字。ほとんど喋ってない。名前だけ。

それなのに、何もなかったはずの足元から薔薇の蔓が伸びてきた。

私の身体を雁字搦《がんじがら》めにして、その棘で私を傷つける。想像以上の痛みから、呻《うめ》き声が漏れた。

「ぁ……べ、ベル？　ねぇ、ベルなの？」

俯いていた顔を上げて、初めてディラン様が反応を示した。

私はほっとして、痛みも忘れて思い切り首を振る。

「そうです！　ベルティーアです！」

「──なんで、………なんで来るんだ⁉」

「いっ⁉」

待て待て待て。

めっちゃ痛いんですけど。薔薇の棘が食い込んでくるんですけど。

心で突っ込みながら、歯を食いしばってなんとか堪える。これは長期戦は見込めない。早めにケリをつけないと血塗《ちまみ》れになってしまう。

唇《くちびる》を震わせてディラン様がこちらを睨む。いっそ、憎悪《ぞうお》すら向けられているような鋭い視線だった。

「俺、頑張ったよ。ベルのこと考えて、我が儘言わないようにして、理想の王子様に見えるように、聞き分けのいいふりして、優しいふりして。だって、君に嫌われたくないから。気持ち悪いって思われたくないから、だから俺、ずっと隠してきたのに……」

「ディラン様……落ち着いてください、大丈夫です」

「何が大丈夫なんだよ⁉」

彼の声は怒りに震えている。

「無責任なこと言って！　ベルはいいだろ⁉　俺なんかいなくたって、きっと幸せに暮らしてしまう。俺が死んだってすぐに忘れる。君は友達も、家族も、何もかも持ってる。だけど、俺は違う。違うんだよ。俺には、ベル以外は価値あるものに思えない」

かくんと項垂れて、ディラン様はポタポタと涙を流した。

違う。それこそ違う。酷い思い違いだ。

「ディラン様、貴方を失えば、悲しむ人がいます。貴方が気付いていないだけで友人もいます。ディラン様をラプラスから取り戻すために、生徒会のみんなが協力してくれたんですよ。家族にだって私がなるじゃないですか」

ディラン様はまた反応しなくなった。

足元を見つめてさっきと同じ体勢のまま、ぼんやりとしている。私は蔓から抜け出そうと体を捩《よじ》るが、棘が食い込むばかりで無理だった。

「ディラン様！　私、貴方が好きだって言いました！　告白しましたよね⁉　好きなんです。貴方が、必要なんです！」

必死で懇願した。

こっちを見て。気付いて。お願い。

「分かってない……君は何も分かってない！」

叫んだディラン様の声は涙で濡れていた。

「友達なんてそんなの、どうでもいいよ。ねぇ、分かる？　俺はベルだけが欲しい。君の中で俺の存在意義が欲しいんだ。君の中で生きていたい。好きなんてそんな言葉で片付けられるもんじゃない。もう、苦しいくらいだ。苦しくて苦しくてたまらない。——いいの？　ベル、こんな俺でも。これが最後だよ。俺のこと、本当に知りたいの？」

私は躊躇わず首肯《しゅこう》した。ふっとディラン様は笑う。酷く、寂しそうに。悲しそうに。

どうしてそんな顔をするの？　私の気持ちは届かないの？　好きだって、言ったのに。

私の思考が働いたのはそこまでだった。

「え………っぁあぁあぁぁあ！」

ガツンッと脳を直接揺さぶられるような衝撃《しょうげき》。内臓を絞《しぼ》られるような気持ち悪さ。体がバラバラにされたみたいに痛んで、心が苦しい。何、これ。

巡るのはきっと、ディラン様の思いだ。だけどそれはあまりにも過激で脳が焼き消されてしまいそう。

『好き大好き好き好き好き好き。愛してるよ君だけだベルがいたら何もいらない。あぁ綺《き》麗《れい》だ可愛い誰にも見せたくない俺を見て俺だけを感じて俺だけを好きになって。俺から離れようとする足も俺以外を映す瞳も全部奪って俺だけのものにしたい誰にも見せたくないずっと死ぬまで閉じ込めておきたい。俺だけのものでいて誰にも心を向けないで死んでも生まれ変わってもずっと一緒にいよう愛してる愛してる愛してる愛してる愛してる』

「俺の気持ちは重い？　迷惑《めいわく》？　そうだよね。だって、こんなに好きなんだもの。ベルでも耐《た》えきれないよ。潰《つぶ》されて、壊れちゃう。だって、痛いでしょ？　精神に直接他人の感情を押し付けられるなんて、拷問《ごうもん》と同じだよ」

拷問だと言う割に、彼は随分と愉快そうに笑っていた。

「壊れたら、治して。また壊して、ずっとここにいよう。死ぬまで、ずぅっと。俺の愛で君を壊してあげるから」

気分が悪くて口もきけない。精神をズタボロにされた気分だ。胸がムカムカして吐きそう。――だけど、ここで私が折れるわけにはいかない。彼のためにも呑み込まれるわけにはいかないのだ。

この想《おも》いを貴方が愛だというのなら、私は喜んで受け入れよう。

「た、しかに……重いです、ね」

ハッとディラン様の肩が揺れて、一瞬で瞳が涙で潤んだ。自分で言ったくせに、自分で傷つくんだ、と笑う。

ここは、所詮《しょせん》心の中。

だから物理的な痛みなんて本来あるわけがなくて、私は一か八《ばち》か賭けてみることにした。

意を決して身体中に力を込める。そして、今までずっと私に絡《から》み付いていた薔薇の蔓を
ブチブチと豪快《ごうかい》に千切って捨てた。

さすがにこの絵面《えづら》には、ディラン様も絶句したようだ。

「ふぅ、手強《てごわ》かったですよ」

薔薇の蔓が媒介《ばいかい》だったのか、先ほどの心の声はもう聞こえない。

「ディラン様のお気持ち、よく分かりました」

私は胸に手を当て、笑う。ディラン様は呆然として口を開いているだけだ。

「いやぁ、中々堪えますね。でも、私も、一方的なのは気に入らないので」

気が付けば見えない壁はなくなっていた。着実にディラン様との距離《きょり》を縮められている。

近づく度にディラン様は恐怖を浮かべた。

「怯えないでください。何もしませんよ」

にっこりといい笑顔で微笑んだものの、ディラン様は首を振るだけ。

「あら、ディラン様は私を拒むんですか？」

ふっと視線を落とすと彼は慌てて首を振った。

「ちが、違う！　嫌われたくなくて……」

「寂しいですよ。私ってそんなに頼《たよ》りないですか？」

っ たらしい。

「ベルが……壊れると思ったから」

「そんな柔に見えます？」

そう聞くと流石《さすが》にディラン様も黙った。薔薇の蔓を無惨《むざん》に千切ったのがよほど衝撃的だったらしい。

「もっと甘えてもらって結構ですよ」

ディラン様の頬を両手で包む。びくりと彼の体が震えた。

怯えたような、だけどどこか安心したようなディラン様の表情に、優しく微笑む。本当に、子どもみたいな人だ。

「ディラン様、想いっていうのはこうやって伝えるものです」

「やめっ、怖い、お願い。拒絶しないで」

「大丈夫です」

コツンとおでこを合わせて、ついでに目も合わせる。綺麗なブルーだなぁ、と思った。

孤独《こどく》の中にいる貴方に、たった一言。私の恋心《こいごころ》を乗せて。

「ディラン様、貴方を愛しています」

この言葉が嘘偽《うそいつわ》りないものだというのは、心が繋がっている今、ディラン様にも痛いくらい伝わっているはずだ。

彼を見ると、ディラン様はボロボロと涙を流していた。

「もう、泣かないでくださいよ。泣き虫ですね」

ディラン様を蝕んでいた薔薇の蔓が緩んでいく。彼の涙を指で掬《すく》い取り、そっと頬にキスをした。すると彼の身体を這《は》っていた痛々しい蔓は光の粒子《りゅうし》になって消えていく。

それを驚いて見ていると、さっと腰に腕が回り、ディラン様に抱き寄せられた。

「え、わっ！　ディラン様？」

「ごめん、痛い思いをさせて……。好き。ベル、好きだよ」

「知ってます。ディラン様の気持ちを私はちゃんと信じていますよ」

「ねぇ、俺、もっと、甘えていいのかな？」

「そんなの今更《いまさら》です。思う存分甘えてください」

私が彼の背を撫でながら言うと、彼は小さく「うん」と呟《つぶや》いた。

「ベル」

「なんでしょう？」

「今だけ、今だけでいい。俺の懺悔《ざんげ》を聞いてほしい」

ずっと聞きたかった、彼の本心。もう二度と彼の口から聞くことはないかもしれない。

私はそう思って、ディラン様の声に意識を集中させる。彼の体は怯えるように小さく震えていた。その背中を、もう一度優しく撫でる。

「――昔から俺は、独りが怖くて仕方ない。弱くて、ビビりだ。自分が大切にしたいもの以外は大して興味もないくせに、大事だと思ったらとことん依存《いぞん》してしまう。ベルは……大切だ。だけど、その大切はきっと普通じゃない。異常に、愛してる。それはもう比べ物にならないほど。……ごめん、ごめんなさい。俺はきっと君に依存して生きていく。君の側にいないと壊れてしまう。ベルと一緒にいるために、俺は生きてるから。ベルを愛していることだけが、俺が俺でいられる唯一の理由なんだ」

ディラン様は声を震わせながら、時々言葉に詰まりながらそれでもなんとか私に伝えようと言葉を紡ぐ。

薔薇の蔓がなくなった代わりに今度はポツポツと雨が降ってきた。真っ暗な空間の中、空もないのに大粒《おおつぶ》の雨が降る。

「俺は、怖いんだ。本当は、何もかも怖い。人を信じることが怖いし、裏切られることも怖い。だから、ベルの気持ちを受け入れるのも本当は怖かった。嬉しかったよ。でも、ベルが俺を好きになればなるほど、この気持ちが続くわけがないと疑ったのも事実だった」

ディラン様は抱きしめる力を強めて、頭を擦《こす》り付けた。

「ごめん。好きになってごめん。こんな俺を許して。君を愛することを許して。嫌わないで」

私は目を瞑って、息を吐いた。ここで、許すことは簡単だ。だけど、彼と本当の意味で向き合うなら、もう一押《ひとお》し。

彼が私に伝えたいことは「嫌わないで」なんて言葉ではないはずだ。

「ディラン様、まだ本当のこと言ってないですよね」

ディラン様は私から体を離して潤んだ瞳で私を見つめた。あっ、これは甘えてるな、と思うが今は彼に言葉にしてもらいたい。

「甘えても駄目ですよ」

「……もっと、甘えていいって」

「今はちょっと違います」

ディラン様は眉を寄せ、また泣きそうな顔をする。

「ディラン様、申し訳ないとか今更遠慮《えんりょ》する必要はありません。私は絶対にディラン様を見捨てないし嫌いになったりもしませんよ」

「……うん」

「だから、私に教えてください。貴方が本当に望んでいることを。心の底から、叫んでいたことを」

ディラン様は唇を震わせて、何度も口を開閉させる。言いかけて、閉じるの繰り返しだったが、私はじっと待った。

ここで、手は貸さない。彼の隣に並んで生きていくためには、私が手を伸ばすだけじゃ駄目だ。察して、と甘えることも許さない。彼も自ら手を伸ばし、私に求めなくてはならない。

長い長い沈黙の後、ディラン様は口を開いた。

「あ、愛して、ほしい」

一言言ってしまったら、もう止まらなかった。

「深く、誰よりも、俺だけを見て俺だけのことを考えて、俺だけを愛してほしい。君を傷つけても、君を裏切っても決して消えない、愛が、欲しい」

彼が求めたそれは、深い深い、無償《むしょう》の愛だった。

私はディラン様を抱きしめた。ありがとう。私を求めてくれて。

「強欲《ごうよく》で、良《い》い願いですね」

「あっ、お、俺、こんなつもりじゃ……。こんな、自分勝手な願いをするつもりなくて」

「自分勝手じゃありませんよ。だって、ディラン様はすでに愛をくれているじゃありませんか。もっと求めていいんです。愛にも見返りがあっていいんです。愛されないと決めつけないで、私に求めてください。そうすれば、必ず抱きしめてあげますから」

私はディラン様にそっと口付けをして、彼の濡れた前髪を分ける。大雨に打たれたディラン様の体は冷えきってしまっていた。

「貴方が愛せない貴方自身を、私は愛します。貴方が許せない自分の醜《みにく》さを私は許します。そう、自分を卑下《ひげ》しないで。誰にも愛されないなんて、悲しいこと言わないでください。ディラン様が私を愛してくれているように、私もディラン様を愛していますよ。今は、自分の嫌いなところが目について自信を持てないかもしれませんが、私はディラン様の良いところも悪いところも沢山知っています」

不安そうな気持ちが前面に出ている彼を安心させるように、にっこりと微笑む。

「今日、ディラン様のことをいっぱい知ることができました。貴方が嫌悪《けんお》する、貴方の本性を。それでも、私は変わらず貴方を愛しています。悲しさにくれる日は、こうして私が雨を凌《しの》いでみせますから」

私は思い切りディラン様に抱きついた。その瞬間、さっきまで降っていたはずの雨が、霧《きり》のように弾けて消える。温かい体温を逃がさないように、強く強く抱きしめた。

雨はもう降っていない。

しかし、ディラン様は堰《せき》を切ったように泣いていた。暗い世界に、彼の泣き声だけが木《こ》霊《だま》する。

ディラン様の頬を伝う大きな涙は、彼が子どもの頃に封印してしまった感情のすべてが詰まっているようだった。

「帰りましょう、一緒に。腐《くさ》った世界でも、二人ならきっと怖くないです」

ディラン様は泣いたまま、こくりこくりと頷いた。

お互いの体温が溶《と》け合う感覚に目を閉じると、真っ黒な世界は音を立てて崩れていった。

第五章 純愛

ゆっくりと目を開くと、目の前には私のことをじっと見つめる彼の姿があった。

ディラン様もさっき目を覚ましたばかりなのか、長いまつ毛を震《ふる》わせながら瞬《まばた》きを繰《く》り返す。宝石のような青い瞳《ひとみ》からは涙《なみだ》が溢《あふ》れていて、綺麗《きれい》だな、と思った。

透《す》き通る瞳に惹《ひ》かれるように手を伸《の》ばし、彼の涙を指で掬《すく》う。すると、手が伸びてきて、同じように私も涙を拭《ぬぐ》われた。

「私、泣いてましたか」

「うん」

ディラン様は小さく口角を上げて、薄《うす》く微笑《ほほえ》む。久しぶりに表情筋を動かしたかのような硬《かた》い笑顔《えがお》は初めて見るものだった。その不器用な笑い方は彼の本来の微笑みなのかもしれない。

ディラン様と心を繋《つな》げる前と同じく、手は繋がったままで、彼はその手をちらりと見て驚愕《きょうがく》したように目を見張る。

「これ、手首に痣《あざ》ができてる」

「あ、本当ですね」

「誰《だれ》にやられたの」

ギラリとディラン様の瞳が光った。大変言いづらいが、手首の痣はディラン様本人が強く握《にぎ》りしめた結果できたものである。

「えっと、寝《ね》てる間、ディラン様が離《はな》してくれなくて……」

「……もしかして、俺のせい？」

「寝てたから、仕方ないですよ」

誤魔化《ごまか》すように私が微笑むと、ディラン様はまるで自分が怪我《けが》をしたかのように痛ましそうな表情をした。眉《まゆ》を寄せ、申し訳なさそうに私を見る。

「ごめんね、ベル……」

「大丈夫《だいじょうぶ》です。痛くありませんから」

ディラン様は私の手首にできた痣をまじまじと見て、そして不意にキスをした。労《いたわ》るように優《やさ》しくそっと唇《くちびる》を押し当てる。

「ちょ、ディラン様、ひゃっ⁉」

恥《は》ずかしくなって手首を引き離そうとしたら、ペロリと舐《な》められた。ゾワゾワと背筋を這《は》う感覚に、私は硬直《こうちょく》する。

「ディラン様、ダメです」

「……なんで？」

舌で痣を舐め、そしてちゅうと吸い上げた。ディラン様の動く唇があまりにも扇情的《せんじょうてき》で、私の顔に熱が集まる。

その瞬間《しゅんかん》、彼の瞳の色が変わった。湿《しめ》り気《け》を帯びた空気に、まずい、と本能が警告を鳴らす。

「い、今はダメです。アリアたちを助けに行かないと」

ラプラスと戦ってくれている今、ディラン様をその気にしてしまう前に、ラプラスを倒《たお》すため彼の力を貸してもらわないといけない。

そう頭では分かっているのに、精神世界から戻《もど》った代償《だいしょう》か、酷《ひど》く身体が重く気怠《けだる》さも感じていた。

ディラン様は目を細めると私に顔を近づけた。

「少しだけ」

言うが早いか、唇が塞《ふさ》がれる。角度を変えて降ってくるキスに、私は辛《かろ》うじて口を引き結んで抵抗《ていこう》した。ディラン様も私の抵抗を分かっているはずなのに、体の上に覆《おお》い被《かぶ》さり両手を繋がれ押さえ込まれる。

下唇《したくちびる》を吸われ、時々甘噛《あまが》みを交えながら舐められた。応えそうになる自分を心の中で叱咤《しった》しながら、どうにか首を振《ふ》って彼のキスから逃《のが》れた。

「ディラン様……っ！　お願いです、今だけは」

「もう少し、もう少しだけ……」

「や、ぁう」

ちゅうっと首筋が吸われる感覚に、腰《こし》から湧《わ》き上がるような快感が走り抜《ぬ》ける。私の首から顔を上げ、見下ろすディラン様の瞳に私は驚《おどろ》いて目を見開いた。

愛情と欲情、そして溢れんばかりの独占欲《どくせんよく》。お前は俺のものなのだと、彼のすべてが物語っていた。

――あぁ、この人は隠《かく》すことを止めたのか。

「ベル、君を愛してるよ。好き。大好き」

彼が脳を侵《おか》すように甘い甘い声で囁《ささや》く。耳元から吹《ふ》き込まれた愛の言葉を後押《あとお》しするように、耳朶《みみたぶ》を喰《は》まれ舌が潜《もぐ》り込んでくる。

「あっ、やだ」

「やだじゃない」

耳からまた首に唇が戻ってくる。ダメだ。本当にやばい。

逃《に》げるように足をバタつかせるが、その抵抗もすぐにできなくなった。首を這う舌の生ぬるい感覚に、身体が跳《は》ねてしまう。ビクビクと体が動く度《たび》に、彼は嬉《うれ》しそうに手を強く握った。

背筋が粟立《あわだ》つ。反応してしまう身体を止められない。

「ほんとうに、だめ！　ディラン様ぁっ」

私が最後の力を振り絞《しぼ》って叫《さけ》ぶと、ようやく彼の動きが止まった。息も絶え絶えな私を見て、恍惚《こうこつ》な笑《え》みを浮《う》かべる。

「ひ、ひどい。こんなこと、してる場合じゃないのに」

「……ごめんね」

謝っているのに、全然誠意が伝わってこない。彼の瞳は甘すぎるほど溶《と》けていて、こんなことをしても私に嫌《きら》われるなど微塵《みじん》も思っていない顔をしていた。

私の気持ちが伝わったんだな、と安心したが、これから先暴走した時が怖《こわ》い、とも思った。

「嫌いにはなりませんけど、ちゃんと叱《しか》りますからね」

「うん。ごめん」

ディラン様は甘える猫《ねこ》のように私に鼻を擦《こす》り付け、動けない私の身体をぎゅっと抱《だ》きしめる。私はため息をついた。少々教育しなければならなそうだ。

「可愛《かわい》い俺のベル……食べちゃいたい」

「あの、首元のリボン直してくれませんか？　はだけたままだと……色々まずいです」

「いいよ」

ディラン様はせっせとリボンを直し、そして私をお姫様《ひめ》抱っこにした。それに甘えてぐったりと体を預ける。

「ベル、動けないでしょ」

「そうなんですよ……。すごく身体が重くて」

「魔法《まほう》を受けすぎたからだろうね。体内が不安定になってるから、回復するために眠《ねむ》ろうとしているんだよ」

話すことはできるのに、身体は機能を停止したかのように動かせなくてなんだか気持ちが悪い。

部屋から出ると、すぐそこにクララがいた。クララは私たちの姿を見ると側に駆《か》け寄《よ》ってきた。

「良かった、成功したのね」

「アリアたちは大丈夫？」

「まだ五分しか経《た》ってないから、大丈夫だと思うわ」

時計を見ると、確かにアリアたちと別れてから五分ほどしか経過していなかった。体感では二時間くらい経った気がしていたのだが、やはり精神世界だと時間の流れが随分違《ずいぶんちが》うようだ。

扉《とびら》の向こうからは叫び声や物音が聞こえてくるので、まだ戦闘《せんとう》が続いているのだろう。早く助けに行かなければ。

「ディラン様、早くアリアたちのところへ」

私が焦《あせ》りながら言うと、ディラン様は頷《うなず》いて生徒会室を出た。後ろからはクララが不安げな面持《おもも》ちでついてくる。

アリアたちとラプラスが戦闘をしている廊下《ろうか》は、荒《あ》れに荒れていた。みんな疲弊《ひへい》しているが、致命傷《ちめいしょう》のような大きな怪我はなさそうだ。だけど所々に散った血痕《けっこん》が気になる……。

肩《かた》で息をして苦しげな表情を浮かべる生徒会メンバーとは対照的に、ラプラスに外傷は一切《いっさい》なかった。

バイオリンを弾《ひ》き続けていたアリアは、私を見てパッと笑顔を見せた。周りがボロボロになっている中、彼女も無傷なままだ。アスワド様たちがアリアのことを本気で守ってくれたからだろう。最高の彼氏《かれし》じゃないか。

「ベル！　やったのね！」

その声にいち早く反応したのはラプラスで、彼は大きく目を見開き驚愕していた。

「な、んで……確実に記憶《きおく》は蘇《よみがえ》らせたはずだ。どうやってディランを救った⁉」

唇を震わせ、信じられないとディラン様を見る。そしてその後ろにいる人物に気が付くと、みるみるうちに眉を寄せ、不機嫌《ふきげん》さを露《あら》わにした。

「お前が手を貸したんだな、クララ」

「……」

「僕はそこまで面倒《めんどう》を見るよう言ったつもりはないけど？　案内さえしてくれれば良かったのに」

クララは何も言わず、怯《おび》えるようにディラン様の陰《かげ》に隠れる。ラプラスは憤慨《ふんがい》したように顔を赤くし、そして姿を消した。

「クララを守って！」

私が咄嗟《とっさ》に叫ぶと、目の前がグルンっと回った。景色が回転し、身体が遠心力で振り回される。飛んでいきそうな身体をがっちりとディラン様の手が支えてくれた。

いきなり爆速《ばくそく》ティーカップに乗った気分で目を回していると、廊下の向こうにラプラスが伸びているのが見えた。

「あ、あの今一体何が……」

「ベルがこの子を守ってって言うから守ったよ。普通《ふつう》に蹴《け》って飛ばした」

私には何も分からなかったが、どうやらディラン様が回し蹴りをしてラプラスを追い払《はら》ったようだ。

彼は私を見て、ニコニコと得意げに笑っている。褒《ほ》めて褒めてと目が雄弁《ゆうべん》に語っていたので、「ありがとうございます、ディラン様」と言って微笑みかける。重い腕《うで》を伸ばして彼の頭を撫《な》でると、ディラン様は嬉しそうに頬《ほお》を赤く染めた。

飛んできたラプラスを器用に避《よ》けたアリアたちは、驚きながらもこちらへ駆け寄ってくる。

「ひぇー、やっぱり完全復活した王子は強いわね」

「ベルティーア様があと五分遅《おく》れてたら僕たち全滅《ぜんめつ》でしたよぉ！」

アリアは感心したように言い、シエルは涙目《なみだめ》でディラン様にしがみつく。シエルに引っ付かれたディラン様は鬱陶《うっとう》しそうに目を細めた。

「五人を相手にしてあの強さですからね……。とりあえずアリアを守れて良かったです」

アリアの隣《となり》で剣《けん》をしまいながら並んだアスワド様は、キラキラと輝《かがや》く笑みを浮かべて、アリアを守れたことを誇《ほこ》らしげに報告してくれた。

本当に根っからの騎士《きし》だな、この人。絶対アリアの隣を譲《ゆず》らないし……。親友の私もいつか牽制《けんせい》されそう。

そんなことをひっそり思っていると、ディラン様が私をアスワド様から隠すようにぎゅうぎゅう抱きしめた。

「ベルに話しかけるな」

腹の底に響《ひび》く低音に、私は驚いて彼を見る。ディラン様は虫けらでも見るような目でアスワド様を睨《にら》みつけていた。

「わぁーお。アズ、ベルに話しかけるの止めときな。殺されるよ」

ディラン様に睨まれてビクッと肩を揺《ゆ》らしたアスワド様を、アリアが回収して遠くの方へ連れて行く。ついでにさっきまでディラン様にくっついていたシエルも連れて行った。

改めてディラン様を見ると、今度は私のことを見ていて、青い瞳は愛おしさを表すように甘く蕩《とろ》けていた。さっきの蔑《さげす》んだような目は私の幻覚《げんかく》……？

「ディラン様！　ご無事で何よりです‼」

「ベルティーア嬢《じょう》は大丈夫なのか？　腹が痛いのか？」

「グラ、黙《だま》って……」

後ろでシュヴァルツ、グラディウス、ハルナが何か言っている声が聞こえたが、ディラン様はガン無視を決め込んでいた。私以外視界に入れたくないようだ。完全に彼の素が出ている。

「ディラン様、疲《つか》れてますか？」

「そんなことないよ」

「本当に？　私に嘘《うそ》はついちゃだめですよ」

「……少し」

ディラン様は観念したように言った。

「あのさぁ、さっきから随分余裕《よゆう》ぶっこいてるけど」

声がする方を向くと、ラプラスがフラフラと立ち上がっていた。青い瞳がギラギラと獲《え》物《もの》を狙《ねら》うように光っている。

「あぁ、本当に最悪だよ。せっかくの作戦が台無しだ。また計画を練り直さないといけない。──まさか身内に裏切り者がいたなんてね。僕が甘かったよ」

ラプラスの瞳が、ギロリとクララを睨む。しかし、すぐに目を逸《そ》らし、ディラン様を見た。

「もういいや。ムカつくし、君たち殺すね」

ラプラスがゆらりと近づいてくる。ディラン様は焦った様子もなく、私を見た。

「どうする？　殺せばいい？」

「いえ、戦闘不能にして拘束《こうそく》してください。意識の有無《うむ》は問いません」

「仰《おお》せのままに」

ディラン様は私を床《ゆか》に下ろした。体はさっきより動けるようになっていたので、壁《かべ》にもたれながら立つ。

「ディラン様、信じています」

「もちろん」

彼は爽《さわ》やかに微笑んで、ラプラスに近づいていった。

緊迫《きんぱく》した空気が漂《ただよ》う中、ディラン様だけがいつも通りだった。

「随分余裕そうだね、ディラン」

「不思議なくらい体が軽いんだよね。今まで抱いていた不安が綺麗さっぱり消えたからかな？」

「……ディランを生かすも殺すもベルティーア次第《しだい》ってことね」

ラプラスは悔《くや》しさを滲《にじ》ませながら皮肉げに笑う。

「気安くベルの名前を呼ばないでくれる？　そういうお前は随分疲弊してるね。そろそろ魔力《まりょく》が尽《つ》きそうなんじゃない？　瞬間移動《テレポート》もできないみたいだし」

「うるさいよ」

ラプラスが持っている剣に、ドキリと心臓が跳ねる。ラプラスって、得物《えもの》を使うの⁉

風が巻き上がるほどの速度でディラン様に斬《き》りかかる。身長の高いラプラスが思い切り剣を振り切る動作は後ろから見ている私たちでさえ息を呑《の》むほどの迫力《はくりょく》があった。

「魔力持ちなのに得物を使うのは、自分の力に自信がないからだろ」

ラプラスの剣を片手で受け止めたディラン様は、やっぱりいつもの穏《おだ》やかな瞳をしている。ラプラスは押し切るように手に力を込めていたが、ディラン様はピクリとも動かない。

そのまま剣身を握り、バキンっと折ってしまった。

剣を素手《すで》で折ったことに、その場の誰もがディラン様の力に驚き畏怖《いふ》した。折れた剣身を見たラプラスは怯《ひる》んだように身を引く。

ディラン様は平然としたまま折れた刃《は》を捨て、傷のできた手のひらの血を制服で拭った。

「化け物……」

「それ、もう耳にタコができるくらい聞いたんだけど。もっとかっこいい二つ名がいいな」

ディラン様はにっこりとラプラスに笑いかける。その余裕が、ラプラスには不気味に感じられたらしく彼の顔は引き攣《ひ》ってしまっている。

「……ディラン、お前なんでそんな目をしてるんだ？　お前はもっと、空っぽで孤高《ここう》で──果てしなく孤独《こどく》だったはずだ。そんな、穏やかな目はしていなかった」

「うん、そうだね」

ディラン様は否定することなく、静かに頷く。

「魔法の効きも悪くなかった。お前の弱点も見抜《みぬ》いていた。お前を蝕《むしば》んだ数十年の孤独は、そんな簡単に救われるほど浅いものじゃない」

「君は勘違《かんちが》いをしている。精神魔法の使い手なのに、随分な言い草だ」

ラプラスは訝《いぶか》しげに眉を寄せ、ディラン様を見つめた。ディラン様はやっぱり微笑んでいる。

「簡単じゃなかったよ。ベルと向き合って、自分を見つめ直すのは苦しかったし痛かった」

「……」

「でも、それ以上に嬉しくてたまらなかったんだよ。俺を受け入れようとしてくれることも、深く愛してくれることも。俺は愛されていないわけじゃなくて、ベルからの愛を信じられなくて、受け取れなかっただけなんだって、気付いたから」

「愛なんて、不確定で曖昧《あいまい》で、いつ消えるかも分からない感情だよ。他の感情より強い分、消えた時の喪失《そうしつ》も大きい。お前はそれに耐《た》えられるのか？」

「全部分かってる。でも、ベルはその不安すらひっくるめて、信じてほしいって言ったんだ。俺の中にまで入ってきて、全力で愛してくれた。だから、信じる」

「言われたから信じられるとか、そういうことじゃ……」

「できるとかできないとかじゃない。信じるって俺が決めたんだ」

ブワッと涙が出てきた。隣で私を支えてくれたアリアがギョッとしたように私を見る。声を上げたらディラン様がびっくりしてこっちに来てしまうだろうから必死に声を押し殺した。優しく背中を摩《さす》ってくれるアリアにしがみつく。

「良かったね、ベル。ちゃんと王子に分かってもらえたんだね。気持ちを受け取ってもらえないのは、悲しいもんね」

アリアの言葉に私は何度も頷いた。

きっと、ディラン様はまだ信じることが怖いだろうし、不安だと思う。彼からすれば、私には家族がいて友達がいて、ディラン様がいなくても生きていけると思われているようだから。

それでも彼は私の思いを受け入れ、自らも変わろうと頑張《がんば》ってくれている。

私の気持ちは、ちゃんと彼に伝わっていたのだ。

「そろそろお喋《しゃべ》りはいいかな」

「さっさとかかってこい」

ディラン様は、パチンっと指を鳴らす。その瞬間、鋭《するど》い閃光《せんこう》が煌《きら》めき、ラプラスを襲《おそ》った。

ラプラスは瞬間移動でそれを避け、ディラン様の後ろに回り込んでそっと彼の頭に手を乗せる。耳元に口を寄せ、何か囁いた。ラプラスが精神魔法を使う時の仕草だ。

ディラン様が魔法にかからないかヒヤヒヤしながら、無意識にアリアの手をぎゅっと握りしめた。

ディラン様は一瞬《いっしゅん》だけ動きを止めたが、すぐ後ろにいるラプラスの方にぐるりと回転し、腹に拳《こぶし》を叩《たた》きつけた。拳はパチパチと雷《かみなり》を帯びていて、ラプラスはそのまま壁にぶつかり蹲《うずくま》って動かなくなった。

「っう……っ」

「シュヴァルツ、こいつを拘束しろ」

「御意《ぎょい》！」

命令されたシュヴァルツは犬のようにディラン様の方へ駆け寄り、ラプラスの両手を拘束する。ラプラスはされるがままで、抵抗もできないようだった。

「……あーあ。また負けちゃった」

やっと喋れる程度には回復したラプラスが、ポツリと呟《つぶや》く。クララは遠くの方からラプラスをじっと見ていた。

「最悪。本当に最悪だよ。前世も負けて、今世でもヴェルメリオの子孫に負けるだなんて」

「……なるほど。お前は、ガルヴァーニ家の末裔《まつえい》だったのか」

ディラン様の言葉に、アリアたちが驚いたようにラプラスを見た。

「……ガルヴァーニ家の血族がよく今まで生き延びてこられたな」

左腕を押さえながら、グラディウスがラプラスに言った。言われてみればその通りだ。戦争で敵だったガルヴァーニ家の血を、王家が容認《ようにん》するはずがない。

「まぁ、調べても分からないと思うよ。もし僕が魔力なしで前世の記憶もなかったら血筋なんて知らなかっただろうから。それくらい、僕らの血は薄くなってしまったんだ。それに、ガルヴァーニ家は戦後一族皆殺《みなごろ》しにされたし、あらゆる歴史を消されている。——だからこそ先祖返りの自分と魔力持ちのクララが生まれたのは奇跡《きせき》だと思った。神の思し召《おぼめ》しかも、とね」

五百年前の戦争を、私たちは知らない。でも、一族を殺された記憶を思い出したラプラスが、どんな思いを抱いたのかは、容易に想像できた。

沈黙《ちんもく》が流れる中、ディラン様はするりと近寄って後ろから私に抱きついた。

「ベルの言った通り捕《つか》まえたけどコイツどうするの？」

ディラン様に問われ、私は口を噤《つぐ》んだ。一番良《い》いのは、このまま王宮へラプラスを引《ひ》き渡《わた》すことだけど……。

ちらりとクララを見て、私は考えるように目を伏《ふ》せる。クララの望みは、前世の記憶に囚《とら》われるラプラスを本来の彼に戻すことだった。

普通に考えたら、ガルヴァーニの子孫のクララや、『先祖返り』でもあるラプラスを国が放っておくわけがない。ほぼ確実に、処刑《しょけい》される。だが、報告しないわけにもいかなかった。私は曲がりなりにも王族の婚約者《こんやくしゃ》なのだ。

「……クララ、助けていただいたのに恩を仇《あだ》で返すような形になり申し訳ありません。ラプラスは、王宮に引き渡さなくてはなりません」

「……うん」

クララはとても小さな声で返事をし、頷いた。どうせなら二人ともどこか遠くで幸せに暮らしてほしいと思うが、それは私の一存《いちぞん》で決められることではない。

私はディラン様を窺《うかが》うように見る。

「ディラン様、クララのことは王宮に伝えなくても大丈夫でしょうか」

「……ベルがそうしたいならクララのことは伏せるけど、ラプラスを王宮に引き渡す以上、彼女が見つかるのは時間の問題だね」

「ではラプラスを……」

「こいつはベルに触《ふ》れたし、危害を加えたから許さない」

ディラン様は不気味なほどにこりと笑って言った。クララだけでも助けたいと思ったが、そう簡単にはいかないか。

クララの方を見ると、彼女は黙って俯《うつむ》いたまま、ラプラスに近づいた。ラプラスはじっとクララを見つめる。

「記憶を消すの？」

「……全部消すことはできないから、前世の記憶だけ思い出せないようにする」

「それで、兄を取り戻すと？　言っとくけど、僕は別にラプラスの人格を乗っ取ったわけじゃなくて、記憶が統合しただけだから本質は変わらないよ」

「——それでも、前世を思い出す前、お兄ちゃんはちゃんと私のことを見てくれた。王位なんかどうでもよくて、ただ私と一緒《いっしょ》にいることを選んでくれた」

貴方《あなた》は、違う、とクララは震える声で言う。

ラプラスは疲れたように深いため息をついた。

「勝手にしろ。ただ忘れるなよ、クララ。君は自分のエゴで僕の記憶を消すんだ。己《おのれ》の理想の兄のために。それがどれだけ残酷《ざんこく》で非道なことか、よく理解しておきなよ」

「……私は、絶対お兄ちゃんを裏切らない。お兄ちゃんのためなら、なんだってするもん。──でも、あなたはお兄ちゃんじゃない。私を愛してくれない。だから、いらない」

あら？　あらら？

クララの瞳に浮かんだ燃えるような激情を、私は見たことがある。クララの青い瞳は、心の中で対峙《たいじ》したディラン様の瞳によく似ていた。

兄妹愛《きょうだいあい》を超《こ》えているような気が、しなくもない。

ラプラスはげんなりした顔で私の方を見た。

「……ベルちゃん、僕は初めて自分の負けを心から認められそうだよ。真の敵は味方だったみたい。クララの育成から問題があったとか、誰が気付くかよ」

「ベルに話しかけるな」

私が返事をする前にディラン様が威嚇《いかく》するようにラプラスを睨んだ。ラプラスは再びため息をつく。

「もう好きにしてくれ」

目を瞑《つぶ》り、すべてを受け入れるようにラプラスは脱力《だつりょく》した。いきなり寄りかかられたシュヴァルツが重いと文句を言うが、素知らぬふりだ。

「さようなら。永遠に眠ってて」

クララがラプラスの頭に手を置いて、呪文《じゅもん》を唱える。彼女の瞳が光を帯び、ラプラスが気を失ったように体勢を崩《くず》した。光が収まり、沈黙が流れる。

クララはしゃがみ込んで、ラプラスをじっと見つめていた。

「こ、これ大丈夫なの？」

アリアが不安げに私の方へ寄ってきてこそりと聞いてきた。私は首を振って、分からないと答える。

「……お兄ちゃん」

クララが、小さく呟く。その声に応えるようにラプラスがゆっくりと目を開けた。

「クララ……？」

「お兄ちゃん!!」

目を覚ましたラプラスは随分と穏やかな顔をしていた。好戦的な雰囲気《ふんいき》は鳴りを潜《ひそ》め、優しそうな兄、といった風貌《ふうぼう》だ。

これがクララの見てきたラプラスなら、確かに前世を思い出したラプラスは随分様変わりしたように感じるだろう。

「……記憶、消したでしょ」

「えっ」

ラプラスは困ったように笑って自分に抱きついてきたクララを見た。クララは驚いたようにラプラスを見上げる。

「僕の前世は消えたけど、別にここに至るまでの記憶がなくなったわけじゃないからね」

ラプラスは静かに、少し寂《さび》しそうに笑った。クララは目を見開いて、そして小さく謝った。

「お兄ちゃん、私のこと嫌いになった？」

「嫌いになんてならないよ。――でも、罪は償《つぐな》わないといけないね」

ラプラスは優しくクララの頭を撫でてから、ディラン様を見た。

「随分と苦労をかけたね、ディラン」

「別に。ベルにしたことは許さないけど」

「うん。ベルちゃんも、ごめんね」

ラプラスは柔《やわ》らかく微笑んで、私に頭を下げた。前世を知らないだけで、こんなに変わるのね……。

もし、私が前世を思い出していなかったら、今より威圧的で悪役令嬢《あくやくれいじょう》然《ぜん》としていたのかな。

「謝罪は受け取ります。ただ、一発平手打ちさせてもらえます？」

「へ？」

「私を操《あやつ》るのはいいですけど、ディフン様を傷つけるようなやり方をしたのが気に食わないので」

ラプラスはきょとんとした後、おかしそうに笑い出した。

「やっぱりベルちゃんは面白《おもしろ》いね」

何が面白いのかさっぱり分からなかったが、さっきからラプラスが私に話しかける度にディラン様の機嫌《きげん》が悪くなっていくので早いところ終わらせたい。

隣ではアリアが「うわぁ……」と引いたような声を出している。

「ベルの平手打ち久しぶりに見るわ……。ラプラスが不憫《ふびん》に思えてくる」

「ベルティーア様ってそんなに強いの……？」

シエルの驚いた声に、アリアは頷く。陰で酷《ひど》い言われようだが、私だって彼の被害者《ひがいしゃ》なのだから平手打ちくらい可愛いものだ。

「まぁ、見てなさいよ。ほら、側近三銃士《さんじゅうし》も」

「そのダサすぎるあだ名は止めろ」

シュヴァルツはラプラスの後ろでアリアに叫ぶ。

私はラプラスに近づいて、〝側近三銃士〟と呼ばれて不服そうなシュヴァルツを見た。

「シュヴァルツ様、拘束を解いていただけます？」

「……承知しました」

シュヴァルツは私の顔を見て素直《すなお》にラプラスの手を離した。

「良いの？　僕の拘束解いて」

「大丈夫です。逃げようとしたらすぐディラン様に捕まえてもらいますから。ね？　ディラン様」

ディラン様の方を見てにっこりと笑いかけると、彼は期待されたことが嬉しいのか、頬を赤く染め満面の笑みで「もちろん。ベルが望むなら」と言った。

「……ちゃんと猛獣《もうじゅう》を飼い慣らしてるね」

ラプラスは引き攣った顔をしていたが、私は気にせず立ち上がるように指示した。ラプラスは立つとやはり背が高く、目の前に立たれるだけで随分と威圧感があった。

「じゃあ、倒れないよう歯を食いしばっててくださいね」

ラプラスは頷いて、そっと目を瞑る。クララは心配そうにラプラスに抱きついたまま離れようとはしなかった。

「いきます」

パァンッと激しい破裂音《はれつおん》。手のひらがジンジンするが、仕方がない。暴力を振るう側にもあって然《しか》るべき痛みだ。

ラプラスはフラつき、尻餅《しりもち》をついた。叩かれた頬を押さえて、呆然《ぼうぜん》と私を見上げる。

「えっ……痛い……」

シンプルな感想だった。私の平手打ち、実は痛いと巷《ちまた》では有名だった。……まぁ前世の身内とアリアに周知されていただけだが。

おいたをした弟を本気で叱る時、全力ビンタをお見舞《みま》いする。暴力ということ勿《なか》れ、奴《やつ》らは痛みを知らないと改善しない阿呆《あほう》だから仕方がない。

「私を怒《おこ》らせてこの程度で済んだことを感謝してほしいくらいです」

「は、はい」

ラプラスは紅葉《もみじ》がついた頬を押さえて頷いた。

「こ、怖い……」

「ね、言ったでしょ？」

「ベルティーア嬢、中々やるじゃないか」

シエルは涙目でアリアにしがみつき、グラディウスは感動したように瞳を輝かせている。

ディラン様は私の側に寄り、平手打ちした手をぎゅっと握った。

「痛そう。大丈夫？」

「多分私よりラプラスの方が痛いと思いますが……。大丈夫ですよ」

私が微笑んで言えば、ディラン様は安心したように息を吐いた。心配性すぎやしないだろうか。

ディラン様は私からラプラスに視線を移し、見下ろす形で告げる。

「そろそろ、君を連れてってもいいかな」

ラプラスはディラン様をしばらく見つめ返していたが、やがて小さく頷いた。

クララは悲しそうにラプラスをじっと見る。離さないように服の裾《すそ》を握りしめていた。

「クララ、絶対迎《むか》えにきてやるから、それまで楽しく過ごすんだよ」

「本当？　ちゃんと迎えにきてくれる？」

「あぁ。もちろん」

ラプラスは柔らかく笑って、立ち上がる。悲観した様子もなく、終始穏やかだった。それが少々不気味だと思いながら、側近三銃士に連れて行かれるラプラスの背中を見る。

最初からいけ好かない人だったけど、隣の席が空《あ》くのは物悲しい気持ちにもなる。何か声をかけようかと思ったが、上手い言葉が見つからず結局無言で見送った。

最終的に残ったのはアリアとアスワド様、シエル。そして私とディラン様とクララだった。クララが私の方へ寄ってきて、薄く微笑んだ。

「ベルティーア……。ありがとう」

「……いいえ、貴女《あなた》のお兄さんは救えなかったわ。それに、貴女も……」

「ううん。大丈夫。お兄ちゃん、迎えにきてくれるって言ったから」

クララは心底嬉しそうに笑っていた。それが本気で言っているのか、自分を励《はげ》まそうとしているのか判別がつかず、私は曖昧《あいまい》に微笑み返した。

「そうだわ。音楽祭の後始末を考えないと」

まだ終わったわけではない。そう思ってホールに戻ろうとした瞬間、体がぐらりと傾《かたむ》く。

あっ、と思った時にはディラン様に支えられていた。

「ベル、頑張りすぎだよ」

「で、でも実行委員だから……」

「実行委員は代わりに俺がやっておくから。早く休まないと、こうやって倒れちゃうよ」

まだやらなければならないことがあるのに、私の意思に反して瞼《まぶた》が降りてくる。体は泥《どろ》のように重たくなり、いよいよ視界が狭《せば》まっていく。

「お眠り。可愛いベル。面倒なことは俺が全部やっておくから」

必死の抵抗も虚《むな》しく、暗闇《くらやみ》に引きずられるように私の意識は沈《しず》んでいった。


目が覚めると、ベッドの上だった。

やけにスッキリとした目覚めに、いつになく爽快感《そうかいかん》を覚える。

寝起《ねお》きに一つ欠伸《あくび》をしたところで、ここが自分の部屋ではないことに気が付いた。天《てん》井《じょう》が、私の知っているものとは違う。混乱していると動いた指先に何かが触れた。隣を見て驚きに息を呑む。

えっ、あれ？　なんでディラン様がここで寝てるの？

添《そ》い寝をした覚えはないが、そういえば結局気絶するように眠ったはず。ってことは、ディラン様の部屋に運ばれたってこと？

脳内に疑問が飛び交《か》うが、現状最も気にしなければならないのは、恋人《こいびと》と同じベッドに寝ているという現実である。ラプラスと戦う前にも随分と怪《あや》しい雰囲気になっていたが、私は卒業するまで、彼とあれやこれやするつもりはない。だって、学生の本分は勉強だもの。

そろりと身体を起こすと、体の節々《ふしぶし》がミシミシと音を立てた。寝返りも打たずに寝ていたのか、筋肉が固まっている感じがする。この状態でディラン様に気付かれずベッドを出られるか不安なところではある——が、やるしかない。

そーっと、まずは体を起こして。よしよし、ちゃんと起き上がれた。

あとはベッドから降りたら——

「どこ行くの」

あっ、起きちゃった。

慌《あわ》ててベッドの端《はし》へ逃げようとしたら、ガシッとお腹《なか》に腕が巻きつきそのままディラン様の方へ引き寄せられる。腕を張って抵抗したが、力に負けてベッドの中へ逆戻《ぎゃくもど》り。逃げられないように腕で拘束され、足まで絡《から》められた。退路が完全に断《た》たれている。

「ディラン様、あの、婚前《こんぜん》にこれは良くないかなーって」

「一緒に寝てるだけだよ」

いや、絶対違う。私のお腹に回っていた手が、腰を撫でている。手の動きが不穏《ふおん》すぎるのだ。あと数センチ手が下がったらお尻《しり》なんですが。

「私、卒業するまで身体を重ねることはしませんからね」

ハッキリ告げなければと思い、明《あ》け透《す》けな言葉で言うと、ディラン様はぎゅうっと私の身体を抱きしめた。

「そういうさぁ、意識させるようなこと言わないでよ。我慢《がまん》してるのに」

「えっ、ごめんなさい……」

くっつかなければいい話では？　と思ったが、あまり色々言うとディラン様も気分を害すだろうと口を閉じた。

借りてきた猫のようにじっとしていたが、やはり一緒の寝床《ねどこ》は良くないらしく、ディラン様は私の首に顔を埋《うず》めた。鼻を鳴らして匂《にお》いを嗅《か》いだり、甘噛みをしたりと悪戯《いたずら》を繰り返す。

「ベルは、こういうことされるの、やだ？」

私は心の中で盛大《せいだい》に叫んだ。嫌《いや》なわけがないだろう！　と。

ディラン様は、私の愛《いと》しい恋人だ。かっこよくて優しくて大好きで、そんな人に触れたいと思うのは当然の欲求である。

やだ？　と聞かれたら次に出てくる言葉はただ一つ。

「……嫌じゃ、ないです」

「良かった」

ディラン様はにっこり笑って、私の顎《あご》を掬った。優しいようでいて、逃がさないようしっかり固定される。

軽いキスを繰り返され、下唇を喰まれる。私はこれ以上許してはならないと目を瞑り、口に力を入れた。ディラン様は甘えるように唇を弄《いじ》ったり舐めたりしていたが、私が口を開かないと分かると諦《あきら》めて首筋に顔を埋めた。

チュッチュッと可愛らしいキスを降らせながら、時々吸い付く。私は声を出さないように必死に唇を噛み締めた。反応すれば、ディラン様が止まらなくなるからだ。今でも十分制御《せいぎょ》不能だけど。

その時、繋いでいた手がするりと離れていった。不思議に思っていると、スカートに手が滑《すべ》り込んでくる。太ももを撫でる手のひらの感覚に、肩がビクリと揺れた。

「アウトォ！」

私は思い切り叫び、そして全力で抵抗した。ディラン様は私を無理やり押さえつけることはせず、思いの外簡単に腕の中から逃れられた。

ベッドから素早《すばや》く離れ、そしてそこで制服から寝巻きに着替《きが》えていることに気付いた。服を着替えさせたのはディラン様に違いない。恥ずかしい。恥ずかしすぎる。え、下着何色着てたっけ。

今すぐ確認《かくにん》したい気分だが、いきなりそんなことをしたらあまりにも不審《ふしん》だ。

私の脳内が忙《いそが》しいことになっている間に、ディラン様は起き上がってベッドの端に座った。そして困ったように眉尻《まゆじり》を下げ、こちらを見る。

「ごめん、ベル……。我慢できなくて。……怖かった？」

「怖くはない、ですけど……」

ディラン様は私に近づくことはせず、じっと座っていた。怯えさせないよう、配慮《はいりょ》をしてくれている。

「恥ずかしいっていうか……」

「恥ずかしい？」

「まだ、勇気がないっていうか」

ごにょごにょと言葉を濁《にご》しながら視線を彷徨《さまよ》わせた。いや、勇気があるなしではなく、卒業するまで何もしないと宣言したばかりだ。

だけど、しょんぼりとするディラン様を雑にあしらうこともできなかった。

「じゃあ、見えなければいい？」

「へ⁉」

それはどういうこと⁉

私は大いに慌て、そして考えられる可能性をすべて導き出す。その脳の回転速度は未《いま》だかつてないほどであった。

「こっちに来てくれる？」

彼の優しく甘い微笑みに誘《さそ》われ、おずおずと近づいた。「触《さわ》ってもいい？」というディラン様の言葉に頷く。あまりにも流されやすすぎて自分で自分が心配になってきた。子犬みたいに潤《うる》んだ瞳で見られたら断れないんだって。

体を半回転させられ、ディラン様に背を向ける形で彼の膝《ひざ》の上に座る。顔が見えないようにしてくれるのは先ほど恥ずかしいと言った私への配慮だろうか。後ろからハグをするように抱きしめられた。

「どこまでなら許してくれるの？」

後ろから回ってきた彼の手は、物欲《ものほ》しそうに服の上から私の体を撫でた。こういう触り方をされるのがすでに恥ずかしいことなのだが……。

「キスまでなら、許しま――」

私が言い終わるより早く、顎を掬われ唇を奪《うば》われる。逃げられないようがっしりと押さえられ、角度を変えて貪《むさぼ》られた。

執拗《しつよう》なキスは、いよいよ辛抱《しんぼう》できなくなったディラン様が私を力強く抱きしめたことで終わった。我慢するように力を込めるディラン様が可愛くて、柔らかい絹のような金髪《きんぱつ》を撫でる。

「我慢できて偉《えら》いですね」

ディラン様は私の手に擦《す》り寄り甘えた。

「俺、ベルが嫌がることはしないからね」

「ふふ、ありがとうございます」

「ベルはお風呂《ふろ》入っておいでよ。あれから三日も寝てたから、さっぱりしたいでしょ」

「三日⁉」

私は驚いた猫のように飛び上がり、ディラン様の上から退いた。そしてディラン様と距《きょ》離《り》を置くように壁際《かべぎわ》にへばりつく。

三日？　三日も入ってない？　お風呂に？

咄嗟に自分が臭《にお》わないか確認する。もはや手遅《ており》れかもしれないが、気休めでも臭《くさ》くないと信じたかった。

すんすんと自分の匂いを嗅ぐ私を見て、ディラン様は首を傾《かし》げた。

「匂いが気になるの？」

「なりますよ！　三日も入ってないなんて……臭くなかったですか？」

「ベルの匂いが濃《こ》くていい匂いだなぁって思った」

「うぁあああ!!」

私は顔を真っ赤にしながら叫んだ。ディラン様はそんな私を、ニコニコしながら見ている。

「あともう三日入らなくてもいいよ」

「お風呂借ります！」

いい笑顔でとんでもないことを言ったディラン様から逃げるように浴室に飛び込み、念入りに身体を洗った。

私がお風呂から出た後、ディラン様もお風呂に入り、今はまた二人でベッドに寝っ転がっている。危機感がないと言わないでほしい。ディラン様を信じてるから大丈夫。多分。

「可愛いねぇ」

ディラン様は愛おしそうに目を細め、優しい声で言った。胸がキュウッと甘く苦しくなり、私は彼の方を見る。

「ディラン様」

私は彼を呼んで、腕を広げた。私の行動に、彼は不思議そうに首を傾げる。

「こっち来てください」

ディラン様は私の言う通りこちらに来て、誘導《ゆうどう》されるまま私の腕の中に収まった。ぎゅっと抱きしめると、彼の体が硬直する。

「あのー……ベル？　この体勢だと我慢できなくなりそうなんだけど」

素直に言ってくれるところが非常に可愛らしい。私はそれを黙殺《もくさつ》して、ディラン様の頭を撫でた。

「音楽祭、上手く回してくれたんですね。生徒たちへの説明も、ラプラスの処遇《しょぐう》も、クララの保護も、してくれたんでしょう？」

「……どうして分かったの？」

「三日も経てば、色々終わってる頃《ころ》だと思って」

「ミラの時よりずっと処理は楽だったからそんな大したことしてないよ」

ディラン様は私の背中に手を回した。温かい体温に、心地《ここち》よさを感じる。ふわりと漂う石鹸《せっけん》の香りに鼻を埋めた。

「ありがとうございます。大好きです。愛してますよ、ディラン様」

髪《かみ》を解きほぐすように指を絡め、甘い声で囁きかける。ディラン様は小さく頷いて、応えるように頬を擦り寄せた。

「俺も、ベルを愛してるよ」

サファイアの瞳を甘く潤ませ、幸せそうに笑うディラン様が可愛すぎて、私は無我夢中《むがむちゅう》で彼の頭を撫でた。昔から私は人を甘やかすのが好きなのである。度がすぎるといつもアリアに怒られていたが。

私が一人で満たされている間に、ディラン様は眠ってしまっていた。彼の寝顔はやはり美しく、それでいて赤子のように無垢《むく》だった。赤く染まった頬が、彼を幼く見せる。

「おやすみなさい」

額にキスをし、私も深い微睡《まどろみ》に落ちていった。


ディラン様の部屋に泊《と》まった次の日から、学園に復帰した。意外にもクララが心配そうに私を訪ねてくれて驚いた。

「ベルティーア、身体は大丈夫？」

「ええ、問題ないわ」

「……良かった」

クララは初めて会った時よりも表情や雰囲気が随分と丸くなっていた。やはり兄と会うことができたからだろうか。

だが、王宮に引き取られたラプラスはおそらく秘密裏《ひみつり》に処刑される。クララも、見つかれば彼と同じように……。

「そんな顔しないで、ベルティーア。私を案じてくれているんでしょう?」

クララは私の瞳をまっすぐに見つめて、柔らかく笑う。その笑い方が、ラプラスによく似ていた。

「大丈夫。お兄ちゃんは絶対戻ってきてくれる……。もうすぐよ」

「そ、そうね」

私はどんな反応をしたらいいか分からず、曖昧に頷いた。私の反応にクララは困ったように笑った。

「無事なら良かったわ。じゃあね」

本当に私の様子を見に来ただけだったようで、クララはそのまま去って行った。

彼女の後ろ姿を見送ってから、今日は図書館に行こうと足を進める。この前借りた小説を返しに行くためだ。

図書館の大きな扉を抜け小説を返却場所に置いてから、他にいい本はないかと背表紙を見て回っていると、近くの窓が開いていることに気付いた。吹いてくる風に誘われるように窓を見て、思わず声を上げる。

「……ラプラス？」

「うん。やっほー、ベルちゃん」

ラプラスは、背の高い大人の姿ではなく、最初に会った時と同様こぢんまりとした少年の姿でそこにいた。彼は窓の桟《さん》に腰掛《こしか》け、呑気《のんき》に手を振っている。

「えっ……え？　なんで？」

「んー、脱獄《だつごく》？」

「はぁ⁉」

私が大きな声を上げると、ラプラスはしぃと人差し指を唇に当てた。

「ベルちゃん声大きい」

「だって、貴方……」

「まぁ、王家に伝手《つて》があって、少し力を貸してもらった。脱獄には変わりないけど」

ラプラスは瞳を弓形にしならせ、にやりと笑った。私は警戒《けいかい》して後ずさる。

「もう手を出したりしないよ。王座への執着《しゅうちゃく》も消えたし」

「前世の記憶は消したはずなのに……なんだか……」

「怪しい？」

ラプラスの問いに、私は素直に頷いた。確かに前より雰囲気は変わっているが、仕草や言い方はそのままだ。

「まぁ、記憶を消したところで、僕が生まれ変わりなのは変わらない事実だし、最近の記憶が無くなったわけじゃないし。生きてきた経緯《けいい》は違うけど、同じ魂《たましい》だからね。本質は一緒だよ――ベルちゃんだってそうでしょ？」

ラプラスはいつになく楽しそうに笑っていた。

「これからどうするの？」

「んー、クララを迎えにいって、そんで国外追放されたミラのところにでも行こうかな。罪滅《つみほろ》ぼしってことで療養《りょうよう》してやろうと思って」

「やっぱり貴方がミラ様に力を貸したのね」

「そう。あの腕輪《うでわ》は僕が作った魔法道具さ。魔法道具作りなら、ディランにも勝《まさ》ると自負してるよ」

そこでラプラスは、ヤベッと声を上げた。私の後ろの方を見て、ギョッと目を剝《む》いている。

後ろを向くと、すぐ後ろにディラン様がいて驚いた。

「ディラン様⁉　いつの間に」

「最初から？」

「お前、ベルちゃんに何か付けてるでしょ」

何か付けてる？　私は不思議になって首を傾げ、ディラン様を見たが、彼はニコニコ笑っているだけだ。

「僕をどうするの？　ディラン」

「面倒だから見なかったことにする」

ディラン様はしれっとそんなことを言った。

「ふふ、僕、ディランのそういうとこ好きだよ。君たちに協力してやりたいけど、誓約《せいやく》のせいで話せないことも多くてね」

「……誓約？」

ディラン様の表情が険しくなる。しかし、ラプラスはこれ以上話すつもりはないようで、柔らかく微笑んだだけだった。

「僕はクララを連れてくから、また会えたら会おうね」

「もう二度と会いたくない」

「まぁそう言わないでよ。僕は君たちを随分振り回してしまったからね。困ったらこれでも使ってくれ。できる限り手は貸すよ」

ラプラスはディラン様に何かを投げる。それは、メモ帳くらいの大きさの本だった。

「その本は僕が作った魔法道具さ。僕が持っているもう一冊と繋がっていて、遠くからでも筆談ができる。他の人が触れないよう鍵《かぎ》をかけてあるから必要になったら開けて使えばいいよ」

それってほぼ前世でいうメールみたいなものじゃないか。なんて便利な！　と私は感動していたが、ディラン様は嫌そうな顔をしていた。

「解くのも面倒なほど複雑な鍵《魔法》だな」

「ディランならこれくらい一晩で解けるでしょ」

ラプラスはディラン様に笑いかけてから、私に視線を移した。

「ベルちゃんも、ディランが嫌になったらいつでも僕のところへ来ていいよ」

「ふざけるな」

「そんな怒らないでよ。じゃあね、ディラン、ベルちゃん」

そのままラプラスは風と共に消えた。一瞬でいなくなってしまったラプラスに、さっきまでの会話はすべて幻《まぼろし》だったのではないかと思う。

カーテンが揺れる窓を見ていると、ディラン様が私の頬をちょん、と突《つ》いた。

「ベル、もう帰ろ？」

「……ええ、そうですね。やっと終わったみたいですし」

「今日は二人でゆっくりしようね」

ディラン様は目尻《めじり》を赤く染め、幸せそうな笑顔で言った。頷こうとしたところで、ラプラスの言葉を思い出す。

「そういえば、ディラン様って私に何か付けてます？」

「……ラプラスが言っていたから気になったの？」

ディラン様は天使の笑顔から一転、瞳を光らせて妖《あや》しい微笑みを浮かべる。

「それもそうなんですが……。ディラン様って私のいる場所を知ってることが多いなって思って」

「ベルって結構鋭いよね。でも、付けてるってよりは巡《めぐ》らせてるって言った方が近いかな」

「巡らせる？」

「そう。俺の魔力をベルの体内に流したら、ベルがどこにいるか何となく分かるんだ。効果は一時的なものだしすぐ消えちゃうけど、この前俺の中に入ってきたから、今は濃く巡ってる」

「へぇ……そんなことできるんですか。魔法って本当に便利ですね。それお互《たが》いに居場所が分かったりはできないんですか？」

「ベルは魔力がないから無理だね」

「そんなぁ」

私が肩を落とすと、ディラン様は私に抱きついて「俺が飛んでいくから大丈夫だよ」と心底嬉しそうに笑った。

「でも体内に魔力って、どうやって……？」

「んー、それは秘密」

「あ、ずるい。一体いつからそんなことしてたんですか」

私の知らない間に自分の居場所がバレているなんて恥ずかしいではないか。私には魔力がなくて、いつ巡っているのかも知らないし。

ディラン様は微笑んだままじっと私を見ていて、答える気が一切ない。

「恋人になってから？　それとも最近ですか？」

ディラン様を窺うように訊《き》いても、彼はやはり微笑んだまま。

——ベルが想像するよりずっとずっと昔だよ。

「え？」

ディラン様の方を見る。今何か言っていたような……。

「すみません、もう一度言ってもらっても？」

「もう言わなーい」

ディラン様は私の手を握って満面の笑みを浮かべた。言いたくないのなら、無理に言わせるものでもないか。

私は気を取り直して、明るく話題転換《てんかん》をした。

「実はですね、今日ディラン様にお菓子《かし》を作ってきたんです」

「本当!?　楽しみだなぁ」

「せっかくですし、お茶も淹《い》れて一緒に食べましょう」
ディラン様の手を握り返して笑いかけると彼は頬を紅潮《こうちょう》させ柔らかく頷いた。

おわり

あとがき

こんにちは、霜月《しもつき》です。

この度《たび》は本書を手に取っていただき、誠《まこと》にありがとうございます。

気が付けばもう三巻ですが、私にとっては最高の巻になりました！

ベルがディランの心の中に入り救うシーンは、一、二巻を含《ふく》めた話の中で最も大きな山場だったと思っています。

ディランとベルの関係は甘々ながらも不穏《ふおん》な雰囲気《ふんいき》でしたが、これからの二人は本当の意味でお互《たが》いを愛し合うことができるでしょう。

ラプラスは、幼い姿と大人の姿を描写《びょうしゃ》していましたが、実は私の脳内でははっきりとした顔の造形はイメージできていませんでした……（キャラデザを考えるのってめちゃくちゃ大変）。作者の私でさえそんな感じだったのですが——御子柴《みこしば》先生が描《か》いてくださった挿絵《さしえ》のラプラスを見た瞬間《しゅんかん》、イケメンすぎて度肝《どぎも》を抜《ぬ》かれました。これは間違《まちが》いなく神の所業です。危《あや》うくラプラスに恋《こい》をしてしまうところでした。

魔法《まほう》を使うディランの挿絵も最高にイケメンなので、しばらくは毎晩イケメンを眺《なが》めながら眠《ねむ》りにつこうと思います。

ちなみに、実はずっと書きたかったアリアとアスワドの恋模様は、電子書籍《しょせき》の書き下ろしで書かせていただきました。気になる方はぜひ……！


さて、二巻と同様、三巻の発売とほぼ同時にコミカライズの二巻が発売することになりました！

コミカライズの時間軸《じく》としては、一巻の後半あたりです。王太子《おうたいし》が登場する回があるので闇々《やみやみ》ディランを素晴《すば》らしいイラストで見ることができますよ！

西賀《さいが》先生はディランの心理描写を細やかに美しく表現してくださり、原稿《げんこう》を拝見する度に感動しています。コミカライズの方もどうぞよろしくお願いいたします。


最後になってしまいましたが、作品がより良くなるようご尽力《じんりょく》くださった担当様、いつも私の想像以上に素敵《すてき》なイラストを描いてくださる御子柴先生、本書に関わってくださったすべての皆《みな》さま、いつも応援《おうえん》してくださる読者の皆さま、本当にありがとうございます。

これからもどうぞよろしくお願いいたします！
（一、二巻では皆さまへの謝辞をすっかり失念していました……。すみません！）
ここまでお付き合いくださり本当にありがとうございます。
それでは、また会う日まで！

霜月せつ

■ご意見、ご感想をお寄せください。
《ファンレターの宛先》
〒102-8177 東京都千代田区富士見 2-13-3
株式会社KADOKAWA ビーズログ文庫編集部
霜月せつ 先生・御子柴リョウ 先生

●お問い合わせ
https://www.kadokawa.co.jp/（「お問い合わせ」へお進みください）
※内容によっては、お答えできない場合があります。
※サポートは日本国内のみとさせていただきます。
※Japanese text only

ビーズログ文庫

悪《あく》役《やく》令《れい》嬢《じょう》は王《おう》子《じ》の本《ほん》性《しょう》（溺《でき》愛《あい》）を知《し》らない 3

霜月《しもつき》せつ

2023年6月15日 初版発行

発行者　山下直久
発行　株式会社 KADOKAWA
〒102-8177 東京都千代田区富士見 2-13-3
（ナビダイヤル）0570-002-301
デザイン　Catany design
印刷所　凸版印刷株式会社
製本所　凸版印刷株式会社

ISBN978-4-04-737515-4 C0193

定価はカバーに表示してあります。
◇◇◇